Five Nights at Freddy's
PAVORES DE FAZBEAR 8

JUJUBA DO MAL

**SCOTT CAWTHON
ANDREA WAGGENER**

Tradução de Jana Bianchi

Copyright © 2021 by Scott Cawthon. Todos os direitos reservados.
Publicado mediante acordo com Scholastic Inc., 557, Broadway, Nova York,
NY, 10012, EUA.

A tradução dos trechos de *Hamlet* e *Macbeth*, de William Shakespeare, nas
páginas 23, 24, 40 e 41, são de autoria de Millôr Fernandes e Rafael Raffaelli.

TÍTULO ORIGINAL
Gumdrop Angel

PREPARAÇÃO
Gabriela Peres

REVISÃO
Alice Cardoso

DIAGRAMAÇÃO
Julio Moreira | Equatorium Design

DESIGN DE CAPA ORIGINAL
Jeff Shake

ARTE DE CAPA
LadyFiszi

VINHETA ESTÁTICA DE TV
© Klikk / Dreamstime

CIP-BRASIL. CATALOGAÇÃO NA PUBLICAÇÃO
SINDICATO NACIONAL DOS EDITORES DE LIVROS, RJ

C376j
    Cawthon, Scott, 1978-
    Jujuba do mal / Scott Cawthon, Andrea Waggener ; tradução Jana
Bianchi. - 1.ed. - Rio de Janeiro : Intrínseca, 2025.
    256 p.   (Five nights at Freddy's : pavores de fazbear ; 8)

    Tradução de: Gumdrop angel
    ISBN 978-85-510-1271-0

    1. Contos americanos. I. Waggener, Andrea. II. Bianchi, Jana. III.
Título. IV. Série.

25-97073.0   CDD: 813
                            CDU: 82-34(73)

Gabriela Faray Ferreira Lopes - Bibliotecária - CRB-7/6643

[2025]
Todos os direitos desta edição reservados à
EDITORA INTRÍNSECA LTDA.
Av. das Américas, 500, bloco 12, sala 303
22640-904 – Barra da Tijuca
Rio de Janeiro – RJ
Tel./Fax: (21) 3206-7400
www.intrinseca.com.br

SUMÁRIO

Jujuba do mal 7
O dia de sorte de Sergio . . 69
O que encontramos 149

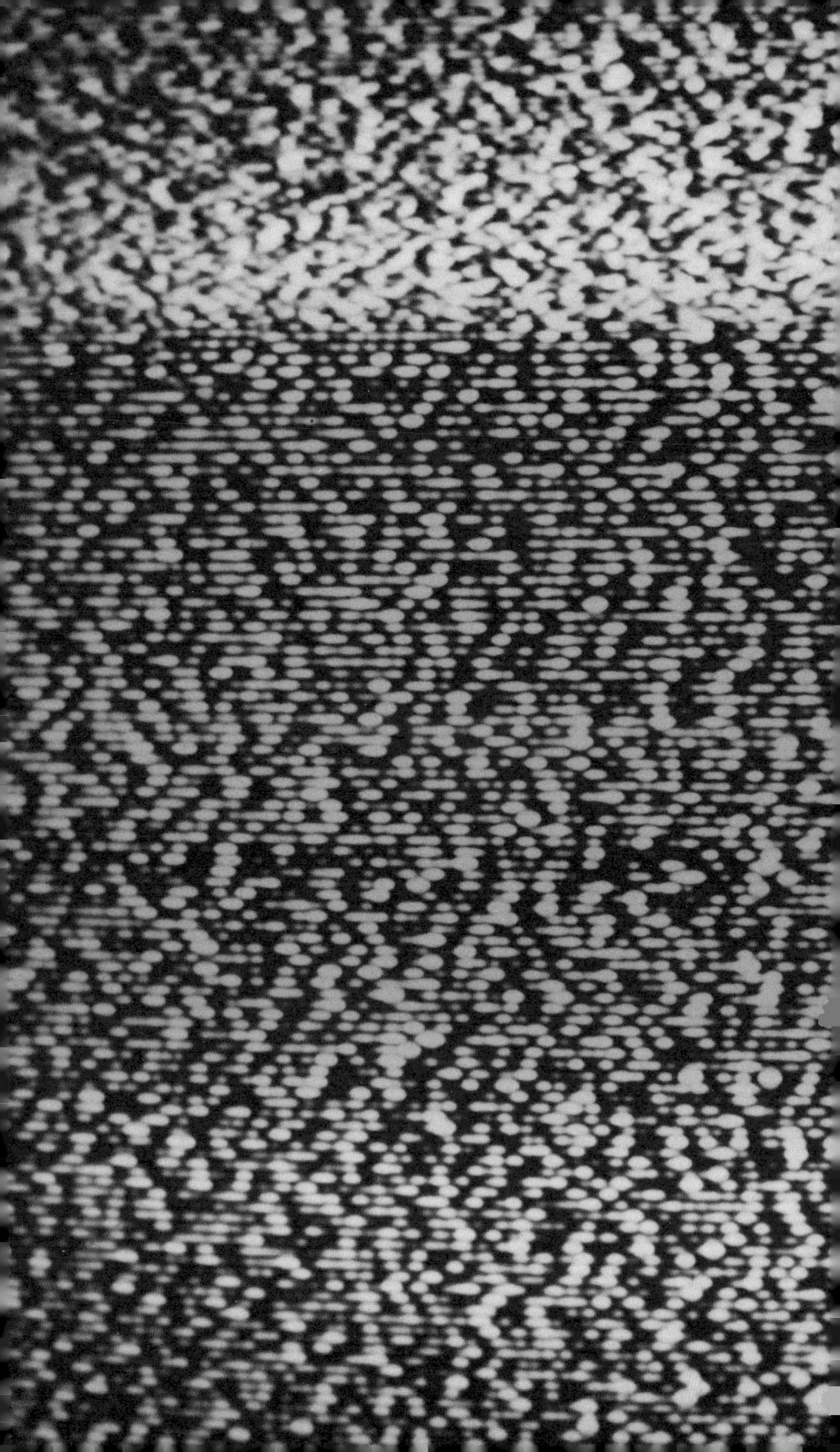

JUJUBA DO MAL

Angel abriu os olhos e viu... nada. Escuridão. Será que tinha ficado cega? Tentou piscar, mas percebeu que não conseguia. Será que estava pior do que antes?

Sentia-se fraca, pesada. Seu corpo doía. Fez menção de esfregar os olhos para tirar as remelas, mas suas mãos se chocaram contra uma superfície dura.

Se esforçando para não entrar em pânico, começou a tatear para entender o que era aquilo. Tudo o que sentia era madeira, lisa, suave e rígida, ao seu redor.

Estava em algum tipo de caixa! Uma bem pequena.

Angel tentou gritar, mas sua boca não parecia funcionar direito. Começou a agitar o corpo, balançando os braços e as pernas. Não adiantou: continuava batendo nas paredes da caixa.

Estava presa. E se sentia estranha, tonta, como se estivesse prestes a desmaiar.

Por que aquilo estava acontecendo?

Angel queria muito uns tampões de ouvido. E de nariz. E vendas para cobrir os olhos.

Não, nada disso.

Ela queria mesmo era ter a habilidade de se teletransportar. Sim, seria ótimo. Assim, poderia ir para outro lugar num piscar de olhos.

Mas antes, precisaria ser invisível para dar no pé sem problemas. Ou ter superpoderes que pudessem obliterar tudo aquilo ali.

Não, aí já seria exagero. Teletransporte estava de bom tamanho.

Para onde iria? Basicamente para qualquer lugar que não fosse aquele — um lixão, um esgoto, a parte mais perigosa da cidade. Podia pensar em milhares de opções horríveis e ainda assim todas seriam melhores do que estar ali. Afinal, o que poderia ser pior?

Angel e a família estavam na Pizzaria Freddy Fazbear's, e para ela não havia lugar mais infernal na face da Terra. O restaurante já era ruim por si só: um ambiente brilhante e animado até dizer chega, decorado apenas em cores primárias e piso xadrez preto e branco que dava dor de cabeça. Para piorar, havia crianças. Não, não só crianças. *Crianças ensandecidas*. Crianças doidas, elétricas, mijando na piscina de bolinhas, vomitando no fliperama. Poucas coisas no mundo eram tão terríveis quanto dezenas de criancinhas numa festa de aniversário. Era insuportável misturado com desesperador com um toque de *Quero. Morrer.*

Ela olhou ao redor, e precisou admitir que parte do seu desgosto — certo, talvez *todo* o seu desgosto — tinha a ver com inveja e ressentimento. Seu próprio aniversário fora um mês antes, e ninguém havia dado uma festa para ela.

Em outro momento da vida, Angel talvez tivesse apreciado uma festinha infantil. Teoricamente, teria adorado fazer o próprio aniversário ali quando mais nova. Tinha certeza, porém, de que não teria sido tão barulhenta e insuportável quanto aquelas crianças na pizzaria. Teria aproveitado a festa, claro, mas de forma graciosa — ou ao menos era o que ela gostava de imaginar. Só que nunca tivera a oportunidade de testar a teoria.

Considerando que seu pai — não o padrasto patético, e sim o pai biológico (pelo jeito, tão patético quanto o outro) — havia lhe abandonado quando ela ainda era bebê, a mãe ficara responsável tanto por sustentar a família quanto por cuidar da filha. Durante aqueles anos, a mulher tinha sido engolida pelo trabalho, mas ainda assim continuava num constante estado de falência. Não sobrava dinheiro para coisas como festas de aniversário. Depois do casamento da mãe com Myron (também conhecido como "Pode me chamar de pai" — não, valeu), festas como aquela cabiam no orçamento, mas... Bom, Angel estava crescida, então já não ligava para demonstrações ostensivas de frivolidades em seu aniversário.

E convenhamos, será que valia mesmo torrar tanto dinheiro em bexigas, pizza, refrigerante, bolo, doces e presentes? De jeito nenhum. Era um desperdício. Com aquela grana daria para comprar um carro para Angel, ou pagar a mensalidade da faculdade de artes cênicas que ela queria. Por sorte, tinha se qualificado para um empréstimo estudantil, com base na baixa renda da mãe antes do casamento com Myron. Mas Angel não devia precisar de ajuda financeira, considerando que o padrasto podia muito bem bancar seus estudos. Ela só não o chamava de "pai" porque o sujeito não merecia. Afinal, um pai deveria pagar a faculdade da filha, certo?

Angel olhou para a responsável por a colocar naquela situação lastimável: sua mãe, aquela mulher fraca, egoísta e interesseira. Se ela ao menos se importasse com a filha como se importava com a própria aparência... Ainda relativamente jovem, a mãe de Angel tinha cabelo loiro curto e esvoaçante, olhos azuis brilhantes e uma beleza mantida à custa de milhares de dólares por ano. Ajuda com a lição de casa? Noites de mãe e filha? Nada disso — a mãe estava sempre ocupada demais com idas à academia ou banhos de loja no shopping.

Se tivesse um marido decente, poderia até ser melhorzinha. Ou talvez não. A mãe de Angel não era um bom exemplo de paciência ou compreensão. Também não levava muito jeito para afazeres domésticos, arrumação e planejamento. Não tinha um emprego legal tipo editora de filmes, designer de moda ou agente de talentos. Observando as mães das amigas, Angel achava que aquelas eram as qualidades de uma ótima figura materna. A mãe dela era especialista em se embelezar, profissional em comprar maquiagem e roupa, campeã mundial de flertar com homens, mestre em dormir até tarde e rainha do egoísmo, a ponto de esquecer qualquer coisa que não estivesse relacionada à própria felicidade — qualidades que não a tornavam muito boa nessa história de ser mãe.

Uma menininha berrou atrás de Angel, alcançando um nível de decibéis que deveria ser criminoso. A jovem tampou os ouvidos.

— Para com isso — disparou a mãe de Angel. — Você tem dezoito anos, não oito.

Ah, tá bom. A mulher tinha outra característica notável: era craque em baixar a cabeça para o homem da vez, o responsável por pagar as contas no momento. A verdade era que, assim como a filha, ela não gostava de crianças barulhentas e escandalosas, mas naquele momento estava interpretando o papel de esposa de Myron. E a esposa de Myron era madrasta de uma criança de cinco anos. Ou seja, precisava fingir estar adorando aquela festa, e parte do disfarce consistia em dar bronca em Angel por ter interrompido a atuação.

A garota revirou os olhos. Sua mãe era patética, assim como Myron. E Ofélia, a filha insuportável de Myron. A família toda era patética — até Angel, por ser obrigada a fazer parte dela.

Precisava dar o fora dali.

Tinha chegado tão perto de sobreviver à juventude sem essa história de padrasto. Enquanto crescia, a mãe dela tinha procurado pelo "marido e pai certo" — e isso significava alguém cheio de grana. Angel perdera a conta da quantidade de homens que iam e vinham ao longo dos anos. Sempre havia um cara. Alguns tinham filhos. Outros, não. Mas quando Angel era arrastada para "programas em família", ao menos podia se acalentar com a certeza de que seria temporário. Até a mãe conhecer Myron. E, com ele, Ofélia viera junto.

Quem chamava uma criança de Ofélia? Era o nome da amante de Hamlet, a mulher que ficara maluca com a possível insanidade do amado. Será que achavam mesmo que aquela personagem de Shakespeare era a melhor inspiração para o nome de um bebê?

Curiosa, Angel tinha procurado o significado de "Ofélia". Era um nome grego, descobriu, e queria dizer "socorro" — tipo "*Socorro*, meu nome foi inspirado no de uma mulher surtada". Ela morreu de rir ao ler aquilo. Podia ouvir a voz fina de Ofélia dizendo a frase.

Falando em voz fina…

— Você não quer pizza? — perguntou Ofélia, e antes que Angel pudesse responder, acrescentou: — Eu divido a minha.

E empurrou uma fatia daquela porcaria de pizza fedorenta na direção do rosto de Angel.

A jovem odiava a pizza da Freddy's — o molho tinha muito manjericão, o que provocava um cheiro nojento e tornava o conjunto da obra, na opinião dela, intragável. Para piorar, a menina errou a boca de Angel, melecando seu queixo com molho, e até o cabelo grudou na sujeira.

Angel afastou a mão da outra com um tapinha.

— Tira isso de perto de mim.

O rosto de Ofélia murchou. Ela afastou a mão com tudo, e a fatia de pizza saiu voando, até pousar bem no peito de Angel, de onde escorregou para seu colo.

A jovem se ergueu num salto, e a pizza caiu no chão. Ela olhou para a mancha vermelha na sua calça jeans favorita.

— Sua peste! — berrou.

O queixo da menina começou a tremer. Lágrimas escorriam dos seus olhos.

— Eu só queria dividir...

— Não grita com a sua irmã! — interveio a mãe de Angel.

— Ela não é minha irmã! — rebateu a adolescente, pegando um punhado de guardanapos para limpar o rosto e o cabelo.

Angel percebeu que crianças e adultos nas mesas próximas a encaravam. Ótimo. Ela tinha conseguido chamar a atenção, mesmo num recinto cheio de crianças enlouquecidas. Sentiu o rosto corar, e voltou a afundar na cadeira.

— Angel — repreendeu Myron, olhando para ela com uma cara feia que, nos últimos tempos, parecia reservar apenas à enteada. Depois, se virou para a filha. — Vem cá, minha princesa.

Ofélia, chorando ainda mais alto, se aconchegou no colo do pai.

— Ela me bateu, papai! Eu só queria dividir minha pizza.

A garotinha levantou a mão para que Myron a analisasse.

Não havia nada ali a não ser molho de tomate, mas o homem olhou para o pobre bracinho estapeado e o beijou. Depois se virou para Angel.

— Eu não bati nela — falou a jovem, antes que ele pudesse começar. — Só empurrei a mão para longe.

Não era exatamente verdade, mas ficaria de castigo por um ano se admitisse ter dado um tapinha em Ofélia.

O padrasto abriu a boca, mas foi interrompido por um dos animatrônicos no palco diante da mesa deles. Como era a aniversariante do dia, Ofélia precisava ter um lugar de destaque na plateia do Espetáculo Fazbear. Estavam a menos de um metro do pequeno palanque. Se Angel quisesse, poderia estender a mão e passar o dedo na cobertura do bolo de Ofélia, que tinha quase um metro e meio de altura. Estava bem ali, perto de onde os animatrônicos iriam se apresentar.

Angel temia aquele show desde o começo da festa, pois sabia que seria barulhento e caótico — ainda mais do que o restante do evento. Naquele momento, porém, ficou grata. A apresentação desviaria a atenção da situação com a família.

Ofélia esqueceu imediatamente a agressão a seu precioso braço, se virando para o pai.

— Colo, papai! Quero ver tudo!

Obediente, ele ajeitou a filha no colo, com os pezinhos apoiados em suas coxas. A saia bufante do vestido amarelo cheio de frufrus da menina tapou o rosto de Myron. Segurando a filha com um dos braços, usou a outra mão para tirar o tule da cara.

Ofélia observava o palco com os olhos arregalados. Movia o quadril, agitando os braços numa dança desajeitada.

Angel a odiava. A menina era um estorvo, sempre trazendo jogos de tabuleiro ou implorando para brincar de faz de conta. Quase todas as noites, subia na cama de Angel com um livro, choramingando para que a garota lesse a história.

Às vezes, a adolescente lia para a menininha, mas ficava irritada com as horas que perdia fazendo aquilo. Angel era ocupada, não tinha tempo para uma irmã caçula.

Isso sem falar nos cavalos. Ofélia era obcecada por eles. Seu quarto era repleto de representações do animal: de pelúcia, de plástico, de madeira... Pôsteres, fotos e pinturas de cavalos.

Além disso, havia um imenso cavalinho de balanço, e mesmo já estando quase grande demais para o brinquedo, Ofélia montava nele todos os dias, assim como suas bonecas. Aquele era o mundo de Ofélia. Cavalos e bonecas. Era, na verdade, o tema da festa também. Angel não aguentava mais cavalos... Não aguentava mais ouvir falar nem ler histórias sobre eles, que dirá ser forçada a se juntar a Ofélia em brincadeiras com os bichos.

Quando a menina pedira uma festa de aniversário na Freddy's, que infelizmente era seu restaurante favorito, Angel argumentara que não poderia ter tema de cavalo, algo que Ofélia também queria. Afinal, nenhum personagem da pizzaria era um cavalo. Ofélia não queria nem saber. E todo pedido da garotinha era uma ordem.

Em geral, o tema das festinhas na Freddy's incluía personagens da franquia. Por isso, Myron tivera que negociar com o gerente da pizzaria para levar guardanapos, pratos, chapeuzinhos e decorações especiais. Também havia comprado um cavalinho de brinquedo para cada criança convidada. Naquele único dia, Angel tinha escutado imitações de relinchos suficientes para uma vida inteira.

— Estou amando a festa, papai! — berrou Ofélia.

Depois sorriu, revelando os dentes sujos de molho de tomate, o que a fazia parecer algum tipo de canibal. Não era uma cena bonita de se ver.

Não que qualquer cena com Ofélia pudesse ser bonita. Era uma criança feia, independentemente da roupa que usasse. Coitada. Era a única coisa que despertava um pingo de compaixão em Angel. Ofélia a perturbava, sem dúvida, mas não tinha culpa da própria aparência. Ofélia era tão parecida com Myron quanto Angel era com a mãe.

Por razões que Angel não podia nem conceber, sua mãe tinha achado Myron um partidão — não só por causa do dinheiro; ela de fato o achava lindo. Já a garota o via como um gorila. Alto e robusto, com cabelo castanho... no corpo inteiro. Era o homem mais peludo que já tinha visto. Ofélia não havia herdado aquela característica do pai, claro, mas tinha a mesma testa proeminente, nariz grande e olhos pequenos. Também tinha braços longos. Parecia um chimpanzé, o que era triste. Chimpanzés eram fofinhos — crianças que pareciam chimpanzés, nem tanto.

No palco, os animatrônicos da Freddy's estavam prontos para o espetáculo. O apresentador, um funcionário da pizzaria usando cartola e fraque vermelho, papeava com a multidão. Era jovem e loiro, tinha o rosto arredondado e parecia estar sempre sorrindo.

— Quem aqui está se divertindo de montão? — perguntou.

— Eu! — gritaram todas as crianças.

Ofélia berrou ainda mais alto. O som desencadeou uma pontada de dor na cabeça de Angel.

— Quem aí quer se divertir *mais ainda*? — gritou o próprio Freddy.

— Eu! — berraram os convidados em coro.

— Mais diversão, mais! — se esgoelava Ofélia.

A garotinha se agitava tanto no colo do pai que ele quase a deixou cair.

— Estão prontos para o rock 'r' roll? — gritou Freddy.

— Sim! — respondeu todo mundo com aplausos, exceto Angel.

A jovem notou que o padrasto a olhava de cara feia por trás da saia esvoaçante de Ofélia. Ela não estava nem aí. O lugar estava barulhento demais para que Myron desse uma bronca nela. Ignorando o padrasto, deixou a família na mesa e saiu atrás de um banheiro para tentar salvar a calça suja.

As longas mesas retangulares da pizzaria estavam quase coladas, todas cheias de crianças hiperativas e adultos exaustos. Angel teve que serpentear pelo salão para escapar da multidão desgovernada.

Já quase fora da bagunça, trombou com um dos funcionários da Freddy's. Abriu a boca para pedir desculpas quando o rapaz se virou. Angel hesitou, porque aquele era o cara mais lindo que já tinha visto na vida, e ela de repente se viu incapaz de falar.

— Foi mal — disse o bonitão. — Eu devia ter olhado por onde andava.

Angel abriu a boca, mas nada saiu.

O funcionário gato sorriu e falou alguma outra coisa, mas de repente os animatrônicos no palco tocaram os primeiros acordes de uma música de rock com vocais de estourar os tímpanos. A cantoria, embalada pela bateria e guitarra, impossibilitava qualquer conversa.

Angel fez menção de seguir caminho, mas o funcionário gato a pegou pela mão e a guiou para fora do salão. A jovem achou meio arrogante da parte dele, mas não protestou porque a mão era quente e forte... e era a mão do garoto bonito, afinal. Além do mais, ele a puxava para longe do barulho e do caos, tanto do palco quanto do salão.

Ciente de que ainda estava toda lambrecada, Angel ergueu a mão para limpar o rosto. Desejava ter um espelho para enxergar onde esfregar.

Se não fosse a mancha de molho na calça, estaria bem confiante quanto a sua aparência. A mãe não tinha feito muito pela filha, mas ao menos lhe passara bons genes. A jovem tinha o mesmo cabelo loiro (embora o dela batesse na altura dos ombros), os mesmos olhos azuis, as mesmas belas feições e o mesmo corpo esbelto da mãe. Não era tão ligada em moda e cosméticos quanto ela, mas tinha o próprio estilo. Não usava muita maquiagem; apenas passava delineador nos olhos e gloss nos lábios. Curtia brechós, e sabia combinar lenços, bijuterias e outros acessórios como ninguém. Gostava tanto de brincar com os itens que sempre levava na bolsa um lenço ou um colar extra para trocar sempre que achasse necessário. Naquele dia, tinha prendido um cinto dos anos 1970 ao redor da cintura fina, e por baixo usava uma blusa translúcida vintage bem ajustada ao corpo. Se Ofélia não a tivesse sujado de molho, Angel estaria prontíssima para um encontro.

O garoto bonito a conduziu pelo corredor que deixava o salão. Decorado com desenhos dos personagens animatrônicos da Freddy's, contornava toda a área das mesas, conectando a entrada da pizzaria aos fundos do restaurante, que provavelmente abrigava a área administrativa. As imagens tinham molduras de um amarelo vivo, e todos os personagens exibiam expressões felizes.

Havia algumas portas no corredor, inclusive as dos toaletes. Angel viu a porta do banheiro feminino quando passou por ela. Tudo que mais queria era ir até lá se limpar.

Mas continuaram seguindo na direção da entrada do restaurante. Ocorreu a Angel que talvez o funcionário gato quisesse ir embora com ela. Só que o rapaz virou numa curva e a levou até uma sala de espera repleta de cadeiras de plástico vermelho, bem próxima da entrada.

Uma vez lá, o garoto apontou para as cadeiras.

— Senta aí que eu já volto.

E disparou pelo corredor pelo qual tinham acabado de passar.

Antes mesmo de se sentar, Angel se perguntou por que tinha seguido o rapaz sem pestanejar. Será que havia herdado mais da mãe do que imaginava? Estava se transformando num robô cuja função é agradar homens?

Não sabia explicar, mas continuou ali por pelo menos um minuto. Depois, preocupada em estar abdicando de todo seu senso de independência, começou a se levantar. Por que tinha permitido que o sujeito a arrastasse até ali, para começo de conversa?

Mas o funcionário gato reapareceu, munido de várias folhas de papel-toalha e um borrifador cheio do que parecia água, e se sentou ao lado dela.

Uau, e *como* ele era gato! Um pouquinho mais alto do que Angel, tinha ombros largos, quadril estreito e músculos definidos, cabelo e olhos castanhos e feições fortes. Qualquer garota em sã consciência o acharia atraente.

— Me chamo Dominic — disse o bonitão. A voz dele era maravilhosa, profunda e ressonante.

Sem perceber, Angel se derreteu um pouco na cadeira.

— Angel — falou ela.

— Anja? É, você é uma anja mesmo — brincou ele.

A garota revirou os olhos, o que fez Dominic sorrir.

— Você já deve ter ouvido isso antes, claro.

Angel sorriu. Não podia evitar; ele era irresistível.

—Vindo de você não foi tão ruim assim.

Dominic riu.

— Essa *sim* é uma boa cantada. Eu devia aprender com você.

Angel gargalhou.

— Não, não Eu meio que só falo o que me dá na telha. Nem sempre é a melhor decisão.

— Discordo. Honestidade é muito subestimada hoje em dia.

Um grupo de garotinhas risonhas saiu do salão, atravessou o corredor e entrou no banheiro feminino como um enxame de abelhinhas cor-de-rosa. Angel ficou feliz por estar longe de lá.

Depois se virou para Dominic e pensou que não custava nada ver onde aquilo poderia dar.

—Valeu por me salvar.

— Eu te salvei, é? Estava só fazendo meu trabalho. Sou gerente-assistente aqui, e uma das minhas funções é garantir a felicidade dos clientes. Vi uma moça bonita suja de molho de tomate e achei que ela ficaria mais feliz se estivesse limpa.

Ele ergueu o borrifador e o papel-toalha. Em seguida, estendeu a mão para tocar a crosta de molho no cabelo de Angel.

— Não que você não fique linda assim, com um toque de culinária italiana no cabelo.

Angel riu.

Então, Dominic se inclinou na direção dela, que prendeu a respiração.

— Posso? — perguntou ele. — Acho que molho de tomate não é um condicionador muito bom, e a cor… Bom, esse tom de vermelho não combina com o resto do seu cabelo.

A garota ficou em silêncio, tentando se lembrar da última coisa que havia comido. Tinha recusado as pizzas pedidas pela mãe e por Myron, mas havia degustado um chocolatinho. Bom, então não devia estar com o hálito tão ruim.

Dominic limpava o cabelo e o queixo dela com os papéis umedecidos com fosse lá o que estivesse no borrifador. O cheiro era floral, e o líquido estava quentinho. A sensação era agradável contra a pele do rosto e da orelha, e ele estava sendo muito delicado.

Quem era aquele garoto? Parecia vindo de outro planeta se comparado aos rapazes da escola, que eram uns tontos. Nenhum deles saberia como limpar o molho do seu cabelo.

— Pronto, melhor assim — disse Dominic, e ajeitou uma mecha atrás da orelha dela. Em seguida, olhou para a calça de Angel, lhe entregando mais papéis úmidos. — Acho melhor você cuidar do resto. Não quero ser desrespeitoso.

Ela riu e aceitou a oferta.

— Obrigada — agradeceu, limpando a mancha na calça.

O vermelho intenso deu uma amenizada, mas não desapareceu. Com sorte, sairia ao lavar na máquina.

— E aí, você está aqui com a sua família? — perguntou ele assim que Angel terminou.

— Tipo isso. A aniversariante é filha do meu padrasto.

— Ah, então eu te salvei *mesmo*. Ela também faz você limpar a lareira e esfregar o chão, Cinderela?

— Olha, até faria se tivesse idade o bastante para esse tipo de coisa. Por enquanto, o pai dela é que não sai do meu pé.

— Ah… Pode crer, isso é um saco.

— É mesmo.

— Nunca te vi por aqui antes. Onde você estuda?

— Na Merrimount. Vou me formar mês que vem. E você?

— Eu também me formo em um mês... Mas na Academia Graves.

— Uau, que chique!

Era uma escola particular para gênios, então Angel não pôde deixar de ficar impressionada.

— Pois é? — respondeu Dominic, e apontou para o colete e o crachá da Freddy's. — Sei que fico bem até com esse uniforme da pizzaria, mas você devia me ver com o da escola. Ia te deixar de queixo caído.

Ela notou que, de fato, estava com o queixo caído, e Dominic também reparou.

— Viu? — continuou ele. — Você ficou de queixo caído só de me *imaginar* de uniforme.

Angel gargalhou, soltando um grunhido.

Dominic sorriu.

— Mas e aí, como você acabou com pizza na roupa? Por favor, não diga que algum garçom foi desastrado a esse ponto.

— Não, não foi o garçom. Foi a Ofélia.

O rapaz ficou sem entender.

— A pobre amante do Hamlet?

— Então, pois é. Estava pensando nisso agora mesmo. Por que chamar uma criança de Ofélia?

— O nome até que é bonito, mas digamos que tem um histórico meio pesado. E quem é Ofélia?

— A filha do meu padrasto.

— Claro, a irmã malvada. "Fora, maldita mancha!"

Angel riu de novo.

— É, acho que você está sofrendo de confusão shakespeariana — brincou ela.

— "Algo nefasto vem por este caminho" — recitou Dominic.

A jovem gargalhou mais ainda.

— Falou com mais emoção, mas continua sendo a peça errada.

— Ah, caramba. "E, sobretudo, sê fiel a ti mesmo".

— Plim, plim, plim! Tragam o prêmio desse rapaz! — exclamou Angel. — Ele voltou para *Hamlet*!

Os dois riram, depois começaram a falar ao mesmo tempo:

— Obrigada por... — falou Angel.

— Escuta, e se a gente...? — disse Dominic.

Ambos se interromperam, abrindo um sorriso.

Mas antes que pudessem concluir as frases, alguém chamou Dominic.

Ele e Angel se viraram na direção da voz.

Outra funcionária da pizzaria, uma mulher de trinta e poucos anos, estava parada bem na saída do salão.

— Ah, achei você.

Era alta, de aparência atlética, com cabelo castanho preso num rabo de cavalo. Vestia o uniforme da Freddy's e estava muitíssimo calma apesar do caos do lugar.

O jovem se levantou.

— Oi, Nancy. Já estou indo.

— Me encontra na cozinha, tá? — pediu a mulher.

Dominic se virou e estendeu a mão, que Angel aceitou. Ela ficou feliz por segurá-la de novo.

— Sinto muito ter que abandonar você no meio disso tudo — ele gesticulou para os arredores — e te deixar à mercê da sua irmã malvada, mas... O dever me chama.

— Sem problema.

Ele sorriu.

— Antes da interrupção tão rude da minha chefe, eu ia perguntar se você topa sair amanhã à noite. Tem uma banda indie tocando na Rocket, o que acha?

— Eu ia adorar.

— Maravilha. Qual é seu número? Posso ir te buscar, mas, se preferir, pode me encontrar lá.

Sem pestanejar, Angel ditou o número do telefone fixo de casa. Dominic sorriu.

— Beleza.

Depois repetiu o número, e ela assentiu.

—Você não vai esquecer? — perguntou a jovem, vendo que ele não tinha anotado o número.

Logo em seguida, quis dar um chute em si mesma por ter agido com tanto interesse.

Ele, porém, pareceu nem ligar.

— Minha memória é excelente. Não vou esquecer seu número... Nem você.

Angel sentiu o rosto corar.

Dominic levou a mão ao bolso do colete do uniforme.

— E toma, esse é meu cartão da Freddy's. Você pode me ligar sempre que quiser.

Ela aceitou o cartão e o guardou no bolso da calça.

— Mas não vai precisar — acrescentou Dominic. — Vou ligar primeiro. Meu expediente vai até tarde hoje. Vamos limpar tudo e depois arrumar as coisas para a festa de amanhã. Mas te ligo à noite para combinar que horas passo na sua casa.

Angel assentiu.

—Você vai voltar para a festa? — perguntou o garoto.

Ela deu de ombros, assentindo outra vez.

— Acho que não tenho outra opção.

O rapaz riu e ofereceu o braço.

— Então permita que eu a acompanhe até o pandemônio, milady.

Angel riu mais e enlaçou o braço ao dele.

— Agradeço, Príncipe Encantado.

Aos risinhos, Dominic a levou de novo até o salão. Apertou a mão dela rapidamente assim que chegaram ao final do corredor.

— A gente se fala mais tarde — disse ele, e Angel concordou.

— Onde você estava? — quis saber Myron quando Angel voltou à mesa.

A banda se preparava para uma parte interativa do show.

Angel o fuzilou com o olhar.

— Fui limpar a sujeira que sua filhinha desastrada causou.

A mãe de Angel se inclinou adiante.

— Não tem por que ser sarcástica assim. Ofélia só tem cinco anos, Angel.

— Pois é, eu sei. E ainda assim, manda e desmanda na casa. Tem cabimento uma coisa dessas?

Myron balançou a cabeça.

A cantoria começou, e Angel viu Dominic, que fazia parte do coro, se movendo graciosamente de mesa em mesa. A voz dele podia ser ouvida acima da barulheira das crianças, e era linda!

Ao observá-lo cantar com um trio de garotos escandalosos, se perguntou se o rapaz queria ser artista, assim como ela. Angel queria ser atriz, cantora e dançarina. Fazia as três coisas igualmente bem. Todos os professores no departamento de teatro e música do colégio diziam que era talentosa a ponto de entrar na indústria de entretenimento. Eles que a tinham encorajado a fazer faculdade de artes cênicas. Sem o estímulo, provavelmente não se sentiria confiante o suficiente para tentar.

— O público vai amar tudo que vier de você, Angel — dissera sua professora favorita de teatro ao lhe entregar o formulário de inscrição da faculdade. — Você vai ser especial, diferente de todas as outras.

Naquela época, Angel ainda não fazia ideia de como pagaria a mensalidade, já que Myron falara que não ia financiar "uma escola de arte que não prepara ninguém para o mundo real". Por isso, ficou nas nuvens quando se qualificou para o empréstimo estudantil.

Angel ficou vendo Dominic dançar uma espécie de rumba com as crianças. O rosto delas brilhava de alegria. Era estranho. Antes, a mesma cena a teria feito revirar os olhos, mas o jeito que Dominic levava com as crianças… Aquilo mudava a forma como encarava a pizzaria.

A mãe dela a cutucou no braço.

— Por que não está cantando? Você ama cantar.

A jovem deu de ombros. A mulher tinha razão: por que não cantar?

Foi o que ela fez.

— Não tão alto — repreendeu a mãe, depressa.

Angel se interrompeu e cruzou os braços. Tentou voltar a observar Dominic, mas algumas crianças começaram a dançar em cima das cadeiras, bloqueando sua visão.

Outra eternidade depois, a cantoria chegou ao fim e o apresentador fez todo um espetáculo para chamar Ofélia até o palco para soprar as velinhas do bolo imenso. A aniversariante não deu conta de apagar as velas sozinha, e os animatrônicos precisaram ajudar. Angel se perguntou vagamente como aquilo era possível; eles deviam ter pequenos sopradores embutidos na boca das fantasias.

Depois de Ofélia ser ovacionada com assovios, gritos e aplausos por ter apagado duas das cinco velas, os garçons começaram a cortar e passar adiante os pedaços de bolo e os animatrônicos continuaram a apresentação. Angel se largou na cadeira, assistindo ao show. Ficou com vontade de reorganizar toda a coreografia.

Após a distribuição do bolo, um som de microfonia atravessou a comoção.

— Agora, vamos para o *grand finale* das festividades de hoje — anunciou o apresentador. — A aniversariante poderia voltar ao palco, por gentileza?

Ofélia sorriu e correu até o palanque. Todos comemoraram de novo.

Angel correu os olhos pelo salão até encontrar Dominic. Ele estava conversando com a chefe na ponta da pizzaria, e notou que ela o observava. Deu uma piscadela, e Angel sorriu.

Talvez as coisas estivessem se ajeitando. Afinal, faltava só um mês para a formatura, e depois ela ia morar com uma amiga em outro estado para frequentar uma oficina de teatro durante todo o verão. Angel tinha conseguido uma bolsa de estudos, e estava guardando dinheiro para a viagem e alimentação — tudo de que precisava, visto que a amiga não ia cobrar pela hospedagem.

Depois disso, faculdade de artes cênicas! Logo mais, a jovem estaria vivendo a própria vida e tomando as próprias decisões, e não precisaria mais tolerar as ordens de Myron ou ser ofuscada por Ofélia.

— Agora, a cereja no bolo! — gritou o apresentador. — Podem baixar!

A banda começou a tocar uma música de fanfarra enquanto algo descia do teto. Angel achou que seria uma piñata do Freddy ou algo assim. Aquelas coisas eram populares em festas infantis.

Não prestou muita atenção enquanto a surpresa era revelada, mas piscou e tentou enxergar melhor quando notou que não era uma piñata. Ou, caso fosse, era diferente de todas as outras que já tinha visto.

Descendo devagar no meio do salão havia uma espécie de escultura, que ondulava e estremecia conforme chegava mais perto do palco. Tinha forma vagamente feminina, e não era de papel machê.

Parecia feita de... jujuba?

Angel se inclinou adiante, aguçando a visão. Sim, parecia um doce. Caramba, era uma escultura feita de jujuba bem grande. Certo. Aquilo era diferente.

Tão interessada quanto enojada pela cena, Angel observou a estrutura de goma abrir os braços, chacoalhar as pernas e girar o corpo. Dava para ver que era um animatrônico, como Freddy e os membros da banda, e se movia sem parar. Se agitava de um lado para o outro.

Esquisito. Nojento. E talvez um pouco legal.

— Crianças! — chamou o apresentador. — Para sua esfomeada diversão, apresentamos nossa Jujuba de Aniversário!

As crianças comemoraram aos berros.

O apresentador olhou para Ofélia.

— Como você é a aniversariante, minha adorável mocinha, vai receber o privilégio de experimentar o primeiro pedaço da nossa deliciosa jujuba. Pode começar com os dedinhos do pé da jujuba. E depois devorar o último pedaço, o narizinho da jujuba.

Ofélia riu, batendo palmas, e começou a andar na direção da escultura.

O apresentador estendeu a mão.

— Antes de começar, cara aniversariante, vou repetir: só *você* pode comer o nariz de jujuba. Ele é da Ofélia, pessoal. Só dela. Todo mundo entendeu?

— Sim! — responderam as crianças.

— Excelente — falou o apresentador. — Então vai com tudo, Ofélia! E crianças, venham se juntar a ela também! Todo mundo precisa ajudar se quiserem devorar a deliciosa jujuba! Preparar, apontar... Valendo!

Ofélia correu até a escultura e abocanhou o dedão do pé. Mesmo sendo feita de bala, a cena fez o estômago de Angel embrulhar. Achou estranho o fato de a estrutura de jujuba continuar se movendo enquanto as crianças apinhavam o palco, devorando suas pernas. Por alguma razão, imaginou que desligariam os animatrônicos antes que eles fossem comidos.

Entediada enquanto o doce era devorado por crianças esfomeadas, Angel apoiou as costas na cadeira e começou a bater o pé. Por alguns minutos, observou a criançada se esbaldar, mas depois ficou inquieta. A cena lembrava os documentários horríveis sobre vida animal que Myron gostava de assistir, nos quais leões abatiam zebras e se banqueteavam com a carne delas. Angel odiava aqueles programas.

— É só a natureza, Angel — dizia o padrasto quando ela reclamava. — Para de frescura.

Ainda assim, ela não curtia testemunhar seres vivos sendo devorados. Não gostava nem mesmo de ver lagostas nos aquários dos restaurantes.

A escultura de jujuba era realista até *demais*, então não era nada agradável presenciar a comilança voraz das crianças. Assim, quando elas já chegavam quase ao quadril da figura, Angel pegou a bolsa e tirou de dentro uma lixa. Começou a ajeitar as unhas.

Depois de outra eternidade, o apresentador gritou:

— Estou gostando de ver, criançada! Não esqueçam que o nariz de jujuba é da Ofélia. Só dela.

Angel ergueu os olhos e viu que as crianças já se ocupavam com o pescoço da escultura. Restava apenas a cabeça, que tinha sido baixada até mais perto do palco para ficar ao alcance de todos. Angel viu um garoto gordinho arrancar a orelha com seus dentes brancos. Com o estômago embrulhado, voltou a encarar as próprias unhas.

Só tornou a encarar o palco quando o apresentador gritou:

— Hora de parar!

As crianças congelaram no lugar.

A cabeça já tinha quase sumido.

— Ofélia, nossa aniversariante, venha pegar seu nariz de jujuba! — exclamou o homem.

Angel olhou de novo para o palco; Ofélia estava sentada na beirada, parecendo enjoada. Sem dar a mínima bola para isso, o apresentador foi dançando até a menina, colocou-a de pé e a levou até os restos da escultura de goma.

— Pegue seu nariz de jujuba! — instruiu.

Ofélia o encarou, depois estendeu a mão e descolou a jujuba da cabeça já quase toda consumida. Puxou a calça do apresentador, que se inclinou. Ela sussurrou algo para o homem, que logo se endireitou.

— Atenção, pessoal! A aniversariante vai levar o nariz de jujuba para casa para comer mais tarde. Ela merece uma grande salva de palmas!

Por que guardar um pedaço de jujuba para comer depois?, pensou Angel. *Fala sério...*

Depois, balançou a cabeça e esperou pelo que pareceu uma eternidade até a festa de aniversário de Ofélia enfim terminar.

Já passava de seis da tarde quando enfim foram embora da pizzaria. Considerando que haviam saído de casa ao meio-dia, Angel decidiu que aquela tinha sido uma das festas de aniversário mais longas da história.

O céu ainda estava claro, lembrando a garota de como estavam próximos da sua formatura antes do verão, seu caminho para a liberdade. O pensamento fez alguns de seus músculos relaxarem.

Angel entrou no banco de trás da minivan "top de linha" de Myron e colocou o cinto de segurança enquanto ele ajudava Ofélia a se instalar na cadeirinha. A menina comentou que estava se sentindo entupida por ter comido muito doce. No entanto, ainda não havia devorado o nariz de jujuba; ele estava cuidadosamente enrolado em plástico-filme para mais tarde.

Ofélia fedia a suor e alho. Angel se encolheu contra a porta e virou o rosto para espiar a paisagem lá fora. Pressionou o nariz contra o vidro quente e tentou respirar os raios de sol em vez do futum de Ofélia.

Myron prendeu a preciosa filha na cadeirinha e foi para o banco do motorista. A mãe de Angel já estava no assento do passageiro, com o quebra-sol baixado, conferindo a maquiagem no espelho.

O homem ligou o motor e se virou para olhar para a filha.

— Pronta para a sua grande surpresa de aniversário, lindinha?

Angel girou para encarar o padrasto, incrédula. Ele só podia estar brincando. Tinha mais coisa além daquela festa extravagante e insuportável?

Ofélia, que parecia prestes a cair no sono antes de ouvir o pai, ergueu a cabeça e bateu palmas.

— Surpresa de aniversário?! O que é, papai?

— Já, já você vai descobrir, princesa.

A menina só faltava saltitar na cadeirinha. Sorriu para Angel.

—Você sabe o que é minha surpresa? — perguntou ela.

Angel balançou a cabeça e se virou de novo para a janela. Fez o possível para abstrair conforme o carro avançava, e deve ter feito um bom trabalho porque, quando deu por si, Myron estava gritando que haviam chegado.

Ofélia soltou um ronco digno de adulto e acordou. Angel pestanejou, esfregando as pálpebras. Piscou várias vezes, limpando os olhos de novo.

Não pode ser.
Sério?

Myron havia encostado o carro numa área de cascalho diante de um estábulo imenso, perto de um gramado cercado no qual três adoráveis cavalos marrons pastavam. O sol da tarde banhava o lombo dos animais, que cintilavam em dourado.

— Cavalos! — berrou Ofélia. — Ai, papai, são pôneis? Quero um pônei!

— Eu sei, lindinha!

Myron começou a rir. Depois saiu do veículo e abriu a porta para a filha.

— Vem, Angel — apressou a mãe.

A jovem se forçou a sair do carro. Obrigou os pés a se moverem. Não queria presenciar o que estava prestes a acontecer.

Uma vez lá fora, olhou ao redor. Myron, Ofélia e a mãe de Angel seguiam até o estábulo, e não pareciam dar a mínima para a presença dela. Assim, Angel se virou na direção oposta. Atravessou a área de cascalho, ouvindo o som das pedrinhas esmagadas sob seus passos, e se aproximou da cerca de madeira que contornava o gramado. Um dos animais trotou até lá, baixando a imensa cabeça por sobre a cerca para cutucar o ombro dela.

A égua tinha cheiro de feno fresco e terra molhada. Também fedia um pouco a esterco, mas talvez não fosse o animal em si. O cercado precisava de uma limpeza.

Angel riu quando a égua lhe empurrou de novo com o focinho, insistente.

— Não tenho comida — avisou a garota.

— Quer dar uma maçã para ela?

Quando se virou, Angel viu uma garota ruiva vindo na sua direção. Tinha o cabelo comprido preso numa trança, e sorria. Vestia um macacão jeans e parecia simpática e amigável.

— Oi — cumprimentou Angel.

— Oi.

A moça lhe estendeu uma fatia de maçã, que ela aceitou.

— É só colocar na palma da mão e deixar assim ó, estendida e firme.

Angel seguiu as instruções, e a égua pegou a fruta.

Seus lábios eram quentes e macios contra a palma de Angel. Quando bufou, a égua fez cócegas em sua pele.

A garota sorriu.

—Você é incrível — falou para a égua.

—Valeu — respondeu a moça ruiva.

Angel olhou para ela.

— Ah, não estava falando comigo? — perguntou a garota, dando risada. — Isso acontece direto. Perto dos cavalos, fico invisível.

— Foi mal. Meu nome é Angel.

—Tammy.

—Você trabalha aqui?

Tammy assentiu.

— Meu pai é o dono.

— Aqueles ali são minha mãe e meu padrasto — contou Angel. — A Ofélia vai ganhar um pônei.

— Ofélia?

Angel apontou.

—A filha do meu padrasto.

—Verdade, claro. Ela é uma gracinha. Já veio algumas vezes andar nos pôneis, mas hoje tirou a sorte grande.

Angel ignorou o elogio sobre a menina.

— Como assim, tirou a sorte grande?

— Ah, então, a Ofélia não vai ganhar só um pônei. Também vai ganhar um *cavalo*. O pai dela quer que ela ande no pônei enquanto ainda é pequena, mas também comprou um potro. A ideia é que a filha cresça com o cavalo, e ele vai pagar por aulas particulares ao longo do ano todo também.

— E quanto vai ficar essa brincadeira? — soltou Angel. — Ai, desculpa. É uma pergunta grosseira, e você provavelmente não pode me contar.

— Não, eu entendo. E acho que não tem confidencialidade no nosso negócio, ao menos não nessa parte. Se estivéssemos falando de cavalos de corrida, seria outra história.

Angel sorriu.

— O pônei é dois mil dólares — contou Tammy. — O potro, três mil. Mas não é só isso. A gente cobra uns dois mil dólares por ano para manter e cuidar de cada animal, então seu padrasto vai gastar quatro mil por ano, e as aulas são cinquenta dólares por dia. Se a garotinha vier em média três vezes por semana, por cinquenta semanas, isso dá... quanto mesmo?

Tammy olhou para cima, fazendo os cálculos de cabeça.

— Uns sete mil e quinhentos dólares por ano — respondeu Angel.

— Isso — confirmou Tammy. — Mas e aí, o que *você* ganhou no seu último aniversário?

Angel deu risada.

— Um jantar numa hamburgueria... Porque foi onde a Ofélia quis ir. Eu sou vegetariana.

— Que escroto.

— Pois é. Também ganhei um bolo de aniversário e um conjunto de malas para quando eu sair de casa.

Tammy soltou uma gargalhada.

— Foi mal. Isso é triste e engraçado ao mesmo tempo — disse, e cobriu a boca. — Desculpa, de verdade.

Angel também riu.

— Tudo bem. Dizem que comédia e tragédia andam lado a lado.

Tammy balançou a cabeça.

— Eu estava me sentindo péssima até vir aqui falar com você. Quero fazer faculdade de gastronomia, mas meu pai não quer me deixar ir por agora porque o funcionário dele se machucou e eu preciso ficar para ajudar. Só que quando o Ed voltar, meu pai vai pagar a faculdade, e vai até me dar um carro.

Angel suspirou.

— Não estou me gabando — continuou Tammy. — Só contei isso para você ver como eu não tenho razão para reclamar. Sinto muito que você tenha esse padrasto babaca. Sinto muito mesmo.

A outra garota apenas deu de ombros.

— Bom, pelo menos minha desgraça serviu para deixar alguém feliz.

Já passava das oito e meia da noite quando enfim chegaram em casa. Ofélia já tinha pegado no sono de novo quando Myron estacionou a minivan na garagem. Angel se sentia atordoada.

Só respirava, pensou ela, por pura força do hábito. Estava em choque, tão irritada que nem sabia como processar o dia. Simplesmente não conseguia acreditar no que havia acontecido. Quer dizer, acreditava, *sim*. E era aquilo que a deixava tão irritada.

— E aí, gostou da festa e da surpresa, princesinha do papai? — perguntou Myron enquanto saíam da garagem espaçosa, seguindo pela entrada dos fundos e pela lavanderia.

Angel ignorou o padrasto e a menina, cortando caminho pela cozinha para subir até o quarto. Os outros três foram atrás. Ela ouviu o eco de seus passos ao avançar pelo assoalho de madeira cara do qual Myron, sem motivo algum, morria de orgulho. A casa era cavernosa, fria e pouco convidativa. Era grande, mas e daí?

O maior quarto era o do casal, claro. Era uma suíte imensa com uma sala de estar. O quarto de Ofélia, porém, não era muito menor. Também era uma suíte, com área de dormir, cantinho para leitura e brinquedoteca. Além disso, tinha o próprio closet espaçoso.

O quarto de Angel era no fim do corredor, com tamanho normal e sem banheiro. Ela precisava usar o que ficava na outra ponta do corredor. *Mas que se dane*. Ela logo iria embora dali.

Angel entrou no quarto simples, todo em tons de pêssego e branco, que Myron tinha decorado sem pedir a opinião dela. A garota odiava aquelas cores. Odiava as cortinas translúcidas e a cama de solteiro. Já era quase adulta; merecia pelo menos uma cama de casal. A única coisa que Angel curtia no quarto era a vista. A janela dava para o quintal dos fundos, que era grande e cheio de árvores.

Afundando na cama pequena e estreita, Angel cerrou os dentes, pensando na injustiça de tudo aquilo. O que era ela? Lixo? Algo a ser ignorado e descartado?

Depois se levantou e começou a andar de um lado para o outro. Um dia, muito em breve, Myron, a mãe dela e Ofélia perceberiam como estavam errados em desprezar a garota. Ela não seria ignorada. Teria sucesso, muito sucesso — e, quando isso acontecesse, não compartilharia nem um centavo com a mãe, o padrasto e a irmã postiça, porque eram todos horríveis. Angel chegaria longe. Seria o centro das atenções.

Em seguida, se jogou na cama de novo. Achou que seria melhor ir dormir. O dia a deixara exausta, mas sua barriga não parava de roncar. Então, saiu do quarto e foi até a cozinha.

Quando passou pelo corredor, mais por hábito do que por interesse, olhou de soslaio para o quarto de Ofélia. Nem sinal da menina. Devia estar na suíte principal, com o pai. Angel viu o nariz de jujuba envolto em plástico-filme sobre a mesa de cabeceira branca. Notou que a garota tinha colocado o nariz no seu pratinho de "tesouros", uma pequena cumbuca rasa de cristal (sim, cristal de verdade) que tinha coisas como pedras, conchas, moedas e joias de ouro. Angel balançou a cabeça e seguiu em frente.

No térreo, entrou na cozinha e acendeu a luz. Um brilho amarelado vindo dos pendentes de vidro âmbar sobre a ilha central imensa iluminou as bancadas de granito. Luzes auxiliares banhavam os armários planejados cor de cereja e os utensílios e eletrodomésticos de inox. A cozinha era o sonho de qualquer chef. Era uma pena que não houvesse nenhum por ali.

Angel cozinhava um pouco, mas não muito. Com o tempo, teve que aprender a se virar. Pensando bem, ela tinha aprendido *tudo* sozinha.

Foi até a geladeira, que vasculhou por alguns instantes até encontrar uma salada de vagem que tinha preparado alguns dias antes. Estava prestes a dar a primeira garfada quando o telefone tocou.

Pensando em Dominic, atendeu sem titubear.

— Alô?

— Acho que estou ouvindo a voz de uma anja — brincou o garoto.

— Que engraçadinho...

Angel achou que havia soado relaxada, mas sua pulsação tinha no mínimo acelerado duas vezes mais ao ouvir o garoto falando.

— Sou mesmo muito engraçado, não sou? Você não é sortuda por ter me conhecido?

Angel riu.

— Nossa, ganhei na loteria — respondeu ela.

— Quer dizer que além de linda você é rica também? Que sorte a minha.

A jovem grunhiu, mas estava rindo.

—Você se acha engraçadão mesmo, né?

— Hilário.

Angel balançou a cabeça.

— E muito modesto, também.

— Muito.

— E bem direto — acrescentou Angel, sorrindo.

Dominic riu de novo.

— "A concisão é a alma do argumento".

— Mandou bem nessa — elogiou Angel. — E aí, está orgulhoso?

— Muitíssimo.

Angel deu risada. Estava impressionada por ele ter conseguido citar outro trecho de *Hamlet*, mas não admitiria em voz alta.

—Você é uma figura.

— "Me parece que a dama reclama demais" — disparou Dominic.

Angel resmungou.

Ouviu um clique na linha, e a respiração pesada de Myron invadiu seus ouvidos.

— Estou no telefone, Myron — disse ela.

— Já é tarde. Com quem você está falando?

Tarde? Não são nem nove da noite!

Angel cogitou dizer que era uma amiga, mas Dominic, sem saber da falta de noção de Myron, foi mais rápido.

— Meu nome é Dominic, senhor. Estou ligando para chamar sua enteada para sair.

— Quem raios é você? — perguntou Myron. — Nunca ouvi Angel falar de Dominic nenhum.

— Eu só... — Angel tentou intervir.

— A gente se conheceu hoje, senhor — explicou o rapaz, num tom inocente.

Angel suspirou.

— Onde? Está mentindo, por acaso? Ela estava com a gente mais cedo. Por que resolveu mentir para mim, moleque?

Depois de uma leve hesitação, Dominic continuou. Parecia ter entendido que Myron era meio desequilibrado.

— Sei que ela estava com o senhor hoje — falou o garoto, no mesmo tom suave usado para tranquilizar o chilique de uma criança. — Ela estava na Freddy's com a família. Trabalho meio período lá. Sou um dos gerentes-assistentes.

— Eu não vi você — retrucou Myron.

Outro silêncio antecipou a resposta paciente de Dominic:

— Com todo o respeito, não tem como o senhor saber se me viu. A gente ainda não se conhece.

— Justamente por isso, garoto. Você não vai sair com a Angel, a gente nem te conhece.

— Sem problema, posso passar aí e... — começou Dominic.

— Você não vai passar aqui coisa nenhuma. A gente não te conhece — repetiu Myron.

— Mas como vai me conhecer se a gente não se encontrar?

— Vaza do meu telefone, babaca espertinho — chiou Myron, depois bateu o telefone dele e gritou do andar de cima: — Acho bom você desligar essa droga em dez segundos, Angel, ou vou descer aí!

A jovem fez careta.

— Tenho que ir — disse para Dominic.

— Liga para mim quando puder — pediu o garoto.

Angel desligou o telefone no instante em que o padrasto entrou na cozinha a passos largos.

— Que ideia é essa de passar meu telefone para um completo estranho? — quis saber Myron.

— Esse telefone também é *meu* — argumentou.

— Por simples acaso — rebateu ele.

— Como assim?

— Ora, eu casei com a sua mãe e você veio de carona.

— Eu *vim de carona*?!

Angel se afastou, incrédula, e arregalou os olhos, encarando o padrasto.

A mãe dela entrou na cozinha. Estava com alguns envelopes na mão.

— Peguei a correspondência, Angel. Tem uma para você.

A garota pegou a carta e conferiu o endereço do remetente. Era do escritório da agência de empréstimos estudantis. Talvez quisessem oferecer uma bolsa melhor. Ela abriu o envelope e tirou o papel.

— Como assim?! — falou a garota, depois de ler brevemente o que dizia.

— O quê? — perguntou a mãe.

Angel a encarou.

— Cancelaram meu empréstimo porque atualizaram os registros e descobriram que você se casou com o Myron, e ele ganha bem demais para que eu continue no programa.

— É, ele ganha bem mesmo — confirmou a mãe.

— Mas e eu, ganho o que com isso? — gritou Angel, depois se virou para encarar o padrasto. — Você vai pagar minha faculdade?

— Não se for aquela idiota de artes.

— Mas é o que eu quero fazer. Ela é ótima, uma das melhores do país.

— Não interessa, não é uma faculdade normal. Só vou pagar uma faculdade de gente. Aliás, não tenho obrigação de pagar nada. Mas, como um presente para minha amada Bianca, vou contribuir para você ir para uma universidade pública. Essa é minha oferta, é pegar ou largar.

— Mas você é rico — argumentou Angel. — Não vai fazer diferença em suas finanças. A grana que preciso para pagar a faculdade não é nada para você.

— Você tem muito que aprender sobre dinheiro, mocinha — retrucou Myron.

Angel não aguentava mais. Não tinha dito nem uma palavra na fazenda. Não tinha soltado um pio no carro. Tudo que estava entalado na garganta, porém, saiu naquele instante.

— Você comprou dois cavalos para a sua filha de cinco anos! — gritou Angel. — Vai gastar mais naqueles bichos e nas aulas de equitação do que gastaria em toda a minha faculdade mais um carro. Como andar a cavalo pode ser melhor do que uma faculdade de artes? Pelo menos vou aprender algo que vai me servir de sustento. Andar a cavalo vai ajudar a Ofélia em quê? Ela com certeza vai ser grande demais para ser jóquei.

— Não insulte sua irmã! — exclamou Myron.

— Ela não é minha irmã! — berrou Angel pela segunda vez no dia. — Ela é *sua filha*, e é uma ladra!

— Do que raios você está falando? — quis saber Myron.

— Ela roubou o que devia ter sido meu. Roubou minha mãe e está roubando meu futuro. Isso não é justo.

— A *vida* não é justa — rebateu o padrasto, abrindo um sorriso zombeteiro.

— E você está acabando com a minha! — gritou Angel, depois se virou para a mãe. — Se você não tivesse se casado com esse babaca, a gente seria pobre, sim, mas pelo menos seria feliz. Pelo menos eu poderia arranjar um empréstimo estudantil!

— Eu estou muito feliz — falou a mãe dela, direta e reta.

— Sei, e eu sou uma piñata. Um saco de pancada para vocês.

Angel pegou o pote de plástico cheio de salada de vagem e o jogou na pia. O pote quicou com o impacto, fazendo legumes voarem para todos os lados.

Depois, a garota saiu correndo da cozinha.

— Acho bom você voltar aqui e limpar isso agora mesmo! — vociferou Myron.

— Limpa você! — berrou Angel. — Já que essa é a porcaria da *sua* casa!

Subiu a escada, dois degraus por vez. Chegou ao corredor e o atravessou a passos largos, com a intenção de ir até o quarto, se jogar na cama e chorar até desidratar. Quando passou pelo quarto de Ofélia, porém, teve um vislumbre da jujuba enrolada em plástico-filme.

Angel se deteve, olhando para o doce. Depois viu Ofélia, usando um pijama novo com estampa de cavalos, sentada na brinquedoteca, toda feliz se divertindo com suas bonecas, que montavam em cavalinhos de pelúcia.

A jovem não conseguiu se conter. Se ia ter um tesouro arrancado de si — o de ir atrás dos seus sonhos, de levar a vida como desejava —, Ofélia também perderia algo precioso. Olho por olho, dente por dente.

Ela entrou com tudo no quarto.

— Quer brincar de cavalo? — perguntou a menina.

Angel a ignorou. Foi até a mesinha de cabeceira e pegou o nariz de jujuba embrulhado.

— Ei! — gritou Ofélia. — Isso é meu!

A garotinha tentou se levantar, mas tropeçou nas imensas pantufas de cavalo. Caiu de joelhos no chão e começou a chorar.

— Ah, é? Bom, agora é meu.

Angel desembrulhou o nariz e o enfiou na boca.

— Não! — berrou Ofélia, e logo se desvencilhou das pantufas, ficou de pé e correu na direção dela. — Para com isso!

Mas era tarde demais.

— Uau, que delícia — falou Angel, mastigando de forma exagerada.

Na verdade, aquilo não era nem um pouco delicioso. O gosto era horrendo. Lembrava açúcar e... não sabia o que mais. Era só uma meleca doce. Mesmo assim, Angel mastigou e engoliu tudo.

Ofélia guinchou feito um pássaro e começou a uivar como um lobo enlouquecido. Angel ouviu a mãe e o padrasto subindo as escadas em desespero. Disparou uma arma imaginária na direção de Ofélia.

— Cuido de você depois, garota — disse.

E correu para seu quarto. Myron chegou ao topo da escada e Ofélia continuou a uivar, mas Angel não deu a mínima.

Apenas entrou e trancou a porta do quarto. Para garantir, já que podia ouvir Myron exaltado e os passos pesados no corredor, encaixou o encosto da cadeira da escrivaninha sob a maçaneta.

A garota deslizou a língua pela boca, tentando se livrar do gosto horrível do nariz de jujuba. Mas foi atravessada por uma satisfação nauseante. Descobriu que adorava a sensação de fazer Ofélia se sentir mal, de um jeito perturbador. Pelo menos uma vez na vida, fora Angel que tinha tirado algo da menina, e não o contrário.

Aquela sensação triunfante, porém, a fez se sentir pequena e envergonhada.

Viu? Pronto. Ofélia ainda tinha roubado mais uma coisa dela: o respeito por si mesma.

Myron esmurrou a porta de seu quarto, berrando algo ininteligível. Ela ficou tensa.

Ele nunca tinha batido nela ou coisa parecida, só a atingia com palavras. Mas Angel não sabia o que o sujeito faria ao descobrir que ela havia comido o precioso nariz de Ofélia. Começou a rir. Aquilo soava engraçado.

A barulheira do lado de fora da porta, porém, não tinha a menor graça. Ela parou de rir, recuou e se sentou na cama.

Não pela primeira vez, desejou ter um telefone no quarto. Queria ligar para Dominic. Ou para as amigas. Ou para a polícia. Alguém precisava estar do lado dela.

— Pode sair, garota! — gritou Myron, do corredor. — Dessa vez você passou dos limites!

Angel não respondeu. Ficou sentada na cama, abraçou os joelhos junto ao peito e começou a se balançar de um lado para o outro.

Myron continuou gritando e batendo na porta, então ela só apagou as luzes e colocou os fones de ouvido. Fechou os olhos e começou a cantar, acompanhando sua música favorita. Cantar sempre a fazia se sentir melhor.

Angel acordou num sobressalto. Onde estava?

Esfregou os olhos e tentou se reorientar. Sua última lembrança era a de estar ouvindo música e cantando. Espiou os arredores. Estava escuro.

Acendeu o abajur na mesa de cabeceira e conferiu o relógio: onze e pouco da noite. Tirando os fones, aguçou a audição. A casa estava silenciosa, exceto pelos estalidos e rangidos costumeiros da estrutura.

O pescoço de Angel pinicava. Ela o coçou. Depois foi o maxilar, e ela também deu uma boa coçada. Quando o formigamento passou para o peito, a garota se levantou e foi até a penteadeira para olhar no espelho. Será que tinha sido picada por algum inseto no estábulo?

Ao conferir o próprio reflexo, Angel arquejou.

Mesmo sob a luz fraca do abajur, dava para ver que a pele do maxilar, pescoço e a parte superior do tórax estava manchada de vermelho brilhante e branco pálido demais; estava toda inchada e irritada. Parecia alergia, mas a jovem nunca tinha visto algo parecido antes.

Tocou a pele inflamada. A sensação era esquisita, tinha uma textura molenga.

Encarou o próprio reflexo, horrorizada. Aquilo não era bom. Nada bom.

Angel não gostava de pensar em si própria como alguém que se preocupava muito com a aparência, porque era uma característica que odiava na mãe — precisava admitir, porém, que tendia a dar a própria beleza por garantida. Era linda, e sabia muito bem disso. Não usava a aparência para conseguir vantagens injustas nem nada assim, também não permitia que isso a transformasse numa idiota. Os garotos da escola a chamavam para sair o tempo todo, mas ela em geral negava. Tinha se envolvido com apenas dois ou três caras, que acabaram se provando imaturos ou grudentos demais. Nunca havia passado de alguns poucos encontros. Também nunca havia namorado. Dominic era o primeiro garoto que ela tinha considerado digno de algo mais sério.

Mas a aparência de Angel era uma parte importante do plano de se tornar uma atriz, cantora e dançarina de sucesso. Ela desejava entrar numa indústria que valorizava a beleza quase acima do talento. Ter um problema de pele um mês antes da oficina de teatro era exatamente o oposto do que precisava.

Encarou a pele inchada com nódulos vermelhos e, enquanto observava, a vermelhidão se espalhou. Avançava rápido; viu a irritação subindo do maxilar para a parte inferior da bochecha.

Será que era alergia a cavalos? Ela tinha mesmo sentido o nariz coçar no estábulo. Ofélia e o padrasto horrível haviam tirado tudo dela — fazia sentido que também fossem os responsáveis por acabar com sua saúde.

— Ah, não, para, por favor — implorou Angel, vendo a irritação subir pelas adoráveis bochechas até então lisinhas.

O que poderia fazer?

Foi até a porta, com cautela; não ouviu nada, então a abriu devagar. No mesmo instante, escutou os roncos reverberantes de Myron vindo das portas duplas da suíte principal. O barulho quase fazia a casa inteira vibrar. Como a mãe dormia ao lado daquele homem?

Com tampões de ouvido, claro. Só comprava os melhores no mercado.

Ofélia também roncava, e seus roncos eram versões mais baixinhas dos do pai.

Pé ante pé, Angel avançou pelo corredor, entrou no banheiro, fechou a porta tão silenciosamente quanto possível e acendeu a luz. Horrendas arandelas douradas, cheias de firula para uma casa de classe média, ladeavam um espelho de moldura ornamentada. Ela tornou a encarar o próprio reflexo.

Quase berrou, mas se conteve, tampando a boca com as mãos, e só gemeu.

Nos poucos minutos que tinha levado para ir do quarto ao banheiro, a vermelhidão havia se espalhado ainda mais pelas bochechas e pelo peito.

Angel abriu a torneira e pegou o sabão. Talvez, se fosse mesmo uma alergia, poderia limpar o resto da poeira e do feno da pele e impedir que se espalhasse ainda mais.

Começou a ensaboar a toalha de rosto, depois olhou para seu cabelo. Dominic o tinha limpado, assim como sua pele. O que havia naquele borrifador? Não era água… tinha um cheiro floral. E se fosse algo tóxico? Era da Freddy's, afinal. Angel não ficaria nada surpresa se houvesse alguma coisa errada com o líquido. Precisava tomar um banho.

Fechou a torneira, se virou para o chuveiro e tirou as roupas. Torcia para que todos estivessem dormindo profundamente para não ouvir o chuveiro, e tinha quase certeza de que era o caso. Mesmo que não fosse, não importava. Ela precisava se livrar daquela porcaria que tinha pegado na Freddy's.

Entrou no boxe de mármore e deixou a água quente escorrer pelo corpo. Pegou o xampu e despejou uma quantidade insana no cabelo. Depois, se esfregou com toda a força possível. Tanta que até doía. Continuou esfregando, fazendo a pele sangrar. Quando viu a água vermelha descendo pelo ralo, se deu conta de que tinha exagerado, então se enxaguou com cuidado e se enrolou na toalha. Em seguida, se envolveu em outra, seca, só por garantia.

Antes de voltar a olhar no espelho, Angel respirou fundo.

— Por favor… — implorou. — Por favor, esteja melhor.

Fechando os olhos, foi até a pia. Ficou bem de frente e… abriu os olhos. De imediato, começou a respirar com dificuldade, quase hiperventilando. Seu coração acelerou num ritmo aterrorizado que parecia alcançar trezentas batidas por minutos.

As pernas de Angel cederam, e ela se deixou cair no tapete branco felpudo do banheiro. Começou a chorar, repassando o horror do que tinha visto no espelho.

A alergia estava nas duas bochechas e continuava a subir. Já tinha alcançado as têmporas. Também estava descendo, e cobria boa parte do seu peito, se espalhando para os ombros.

Aquilo devia estar tão entranhado em seu organismo que lavar não adiantaria. O que fazer?

Angel quase afundou o rosto na palma das mãos, mas se deteve. E se aquela porcaria passasse para as mãos também?

Olhou ao redor, como se alguma solução pudesse brotar do nada. Não foi o caso.

— O que eu faço? — perguntou.

Não sabia para quem, mas, por alguma razão, obteve uma resposta.

Estalou os dedos, se abaixando diante do armário da pia. Abriu as portas e vasculhou o kit de primeiros socorros e os outros itens guardados ali. Achava que... Sim, lá estava. Alguns meses antes, Ofélia tivera uma reação alérgica ao tocar numa planta, e a mãe de Angel havia comprado loção de calamina.

Quando terminou de passar o produto, a jovem se sentou no chão e tentou acalmar a respiração. Inspirou pelo nariz — um, dois, três. Expirou pela boca — um, dois, três. Fez aquilo dez vezes e disse a si mesma que estava tudo bem.

A coceira tinha melhorado, ao que parecia. Era bom, sinal certo?

Ainda sentada, continuou respirando fundo. Podia sentir a frequência cardíaca se tranquilizando. *Vai ficar tudo bem*, disse a si mesma. *Vai ficar tudo bem. É só uma alergia, deve ter sido daquele borrifador… Nada muito diferente de alergia de alguma planta.* Ofélia havia sobrevivido e estava ótima. Angel também ficaria bem.

De repente, percebeu que estava ficando com frio. Pegou uma terceira toalha no armário.

Foi quando viu que a irritação também havia se espalhado por cima de seus ombros, bem abaixo da marca da camada já rachada do remédio.

— Não!

Angel arquejou, e saltou de pé com o coração retumbando.

Olhou no espelho de novo, e seu queixo caiu. A alergia não só se espalhava muito além dos limites da loção como também parecia diferente. Será que a loção piorou as coisas?

Ela voltou para o chuveiro e se lavou para tirar o líquido do corpo. Saindo e se enrolando na toalha de novo, se forçou a encarar o espelho.

Um berro de horror ficou entalado na garganta, e ela começou a tremer descontroladamente.

Estava se transformando num lagarto: um lagarto melequento e molenga. Começando na linha dos olhos, descendo por todo o rosto, pescoço e peito e se espalhando pelos braços, escamas de aparência gelatinosa se formavam sobre a pele. Eram vermelhas, cinzentas e rosadas, e pareciam úmidas e esponjosas mesmo depois de ela ter acabado de se secar com a toalha.

Angel estava aterrorizada, mas também parecia incapaz de desviar os olhos do horror que se desenrolava no espelho. Que raios era aquilo?

Analisou o braço, e com cuidado tocou numa das escamas grudentas. Era borrachenta, como um travesseiro de látex, e meio viscosa ao toque.

Lembrava um pouco uma jujuba molhada.

A garota arquejou.

Será que tinha algo a ver com o maldito nariz de jujuba?

Fechou os olhos, cerrando os dentes. Era tudo culpa de Ofélia. Não fosse aquela festa idiota e aquele nariz idiota...

Devia ser uma reação alérgica à jujuba. Quais eram os ingredientes do doce?

Espera. Reação alérgica. Fosse ou não relacionada ao nariz de jujuba, podia ser uma reação alérgica a algum alimento. Era algo fácil de resolver, certo?

Angel se virou, atravessou o banheiro e foi até o armário no corredor. Era onde a mãe deixava os remédios com prescrição para que Ofélia não os alcançasse. Com certeza tinha algum antialérgico ali.

Abriu as portas e vasculhou caixas, garrafinhas e frascos. *Isso!* Encontrou uma caixa de antialérgicos e nem se deu ao trabalho de ler a dosagem na bula: tomou três comprimidos de uma vez. Depois, se sentou sobre a tampa da privada e esperou.

Não sabia quanto tempo aguardar. Quanto demorava para o remédio fazer efeito?

Cantarolou baixinho, esperando. Completou três canções inteiras. Suas pálpebras estavam cada vez mais pesadas. Antialérgicos davam sono, certo? Se sim, significava que o medicamento estava funcionando.

Animada, Angel se levantou e olhou de novo no espelho.

E, mais uma vez, precisou cobrir a boca para não gritar.

Suas pálpebras não estavam pesadas de sono, e sim porque também estavam cobertas de escamas grudentas, assim como boa parte da sua testa e o restante dos braços.

Cuidando para que a toalha continuasse enrolada no corpo, Angel pegou as roupas que havia jogado no chão, apagou a luz do banheiro, abriu a porta e correu até o quarto tão silenciosa quanto possível. Não conseguiria lidar com aquilo sozinha. Teria que ir ao hospital.

Precisava se vestir, e não queria colocar as roupas de antes. Podiam estar infectadas. Talvez ela nem deveria carregar as peças de um lado para o outro, mas já era tarde.

Passando pelo quarto da mãe e de Myron, hesitou. Cogitou a possibilidade de acordá-los e pedir ajuda.

Não! De jeito nenhum. Qual era o seu problema? As escamas nojentas estavam se espalhando para o cérebro?

Se ela tivesse pais normais e amorosos, pediria ajuda. Mas tudo que tinha era uma mãe inútil... e Myron. Os responsáveis por tudo de errado que acontecia na sua vida. Eram dois babacas que não podiam ajudar Angel a pagar a faculdade porque estavam ocupados demais mimando aquela pirralha. De jeito nenhum ela ia pedir ajuda.

Se parasse para pensar de verdade, ela não tinha família. Estava sozinha.

Angel se esgueirou de volta para o quarto e apoiou as costas na porta fechada. Será que devia ligar para algum amigo? Não tinha o que podia chamar de melhor amigo, mas andava com pessoal do teatro. Talvez alguém pudesse ajudar.

Assim que teve a ideia, porém, a descartou. Não queria que a vissem daquele jeito. Talvez ajudassem, mas também enxergariam a situação como uma oportunidade. Com aquela aparência, ela não poderia atuar nas apresentações de fim de semestre. Os "amigos" provavelmente estariam mais propensos a tripudiar do que a ajudar.

E os professores? Não. Daria na mesma. O apoio deles também era condicionado à aparência. Ela não podia permitir que alguém a visse daquele jeito.

Precisava ir para o pronto-socorro sozinha... Mas mesmo que fosse sozinha, na verdade estaria cercada de dezenas de estranhos. Esses lugares estavam sempre lotados. Queria mesmo ser vista daquele jeito por tanta gente? Com certeza, não. O pronto-socorro não era lugar para ela, então.

Nada de ir para o hospital. Se algo da pizzaria estivesse causando a alergia, havia só uma coisa a se fazer. Largando as roupas sujas no chão, Angel remexeu cuidadosamente nos bolsos até encontrar o cartão de Dominic.

E pensar que tinha achado o rapaz incrível... Devia ter sido mais esperta. Como alguém que trabalhava num lugar péssimo daqueles seria um cara legal?

Dominic não era nada legal. Trabalhava naquele restaurante horrível que causara tudo aquilo!

Bom, ele teria que ajudar. Angel o obrigaria, e ele ouviria umas poucas e boas também. Que tipo de porcaria havia na Freddy's, afinal? Será que a comida e o doce estavam contaminados? A água tinha toxinas? Germes? Será que ela havia pegado alguma virose por lá?

Correu até a mesinha no corredor e pegou o telefone.

— Por favor, atende... — sussurrou após discar o número da pizzaria.

Dominic dissera que ela poderia ligar a qualquer momento, mas Angel não sabia que horas o fliperama fechava. Já era bem tarde.

O rapaz atendeu no terceiro toque.

— Pizzaria Freddy Fazbe... — começou.

— O que você fez comigo? — disparou Angel, antes que ele pudesse terminar.

— Angel, é você?

— Sim, sou eu. Por enquanto, pelo menos, mas não sei por quanto tempo vou continuar assim.

— Oi? Não entendi, pode repetir? Acho que perdi uma parte. Você não está falando coisa com coisa.

— O que tem nesse lugar horrível? — questionou ela.

Ela queria gritar, mas não queria que a família acordasse, então a pergunta saiu num tom baixo e contido.

— A gente pode ir com calma? Acho que peguei o bonde andando. Não sei de onde ele partiu, nem para onde está indo.

— Para de tentar pagar de espertinho.

— Não estou sendo espertinho. Na verdade, estou sendo bem direto. Não entendi nada. Pode começar do começo, por favor?

— Eu devia ter desconfiado que você não era diferente dos outros garotos. *Parece* diferente, claro, mas é só um joguinho, não é? O que fez comigo?

Dominic suspirou.

— Angel, por favor, me diz o que está acontecendo.

— Estou me transformando num lagarto nojento e molenga, é isso. Tem escamas podres crescendo por todo o meu corpo!

Angel teve a impressão de ouvir um grunhido de Dominic, mas não parou de falar.

— É isso, e só pode ter a ver com a Freddy's. Pode ter sido o que tinha naquele borrifador, seja lá o que for. Ou na comida, nos doces. Ou... não faço ideia! Algo na Freddy's causou isso!

Dominic ficou em silêncio.

Ainda estava na linha. Angel ouvia sua respiração.

— Dominic?

O rapaz continuou sem falar nada.

— Ainda está aí? — perguntou ela.

Mais alguns segundos se passaram.

— Eu sinto muitíssimo, Angel — respondeu ele, enfim.

— Então você sabe o que tem de errado comigo?

— Você precisa vir até a Freddy's — falou o garoto.

— Não respondeu minha pergunta.

— Vem até aqui que eu explico.

A voz dele, já suave e profunda, ficou ainda mais grave. Aquilo a tranquilizou. Ela sentiu sua pulsação se acalmar um pouco.

— E eu vou te ajudar, Angel. Só vem logo para cá.

A fúria dela em relação a Dominic e àquela pizzaria idiota se aplacou o suficiente para lhe permitir uma faísca de esperança.

— Você vai me ajudar? — A voz saiu vulnerável, mas ela não ligou.

— Sim, vou ajudar. É só você vir até aqui.

— Certo.

— E Angel?

— Fala.

— Corre.

— Beleza.

— Tchau.

Angel hesitou por um instante. Por fim, disse:

—Tchau.

Depois se sentou no chão e lá ficou por vários segundos, agarrada ao telefone, ouvindo o toque ritmado da linha vazia. Dominic a ajudaria. E talvez ele não tivesse traído a confiança dela, afinal de contas.

Talvez tudo ficasse bem.

De repente, se deu conta de quanto tempo estava desperdiçando. Largou o telefone, ficou de pé num salto e correu de volta para o quarto.

Abriu as gavetas e pegou calcinha, sutiã, calça jeans e uma camiseta. Botou as roupas tão rápido quanto conseguiu, e enfiou os pés nas sandálias.

Certo, aquela era a parte fácil. O problema seria chegar até a pizzaria Freddy's.

Não tinha como ir a pé. Era longe demais, e não queria ser vista.

Espiou o relógio na mesinha de cabeceira. Eram onze e trinta e cinco da noite — escuro, mas não tarde o bastante para que as ruas estivessem desertas.

Cogitou ir de bicicleta, mas até isso demoraria muito. Não. As assustadoras escamas gelatinosas se espalhavam rápido demais. Precisava dirigir — pegaria o carro esportivo da mãe. Já havia conduzido o veículo em várias ocasiões. Às vezes, quando Myron não estava, a mulher dizia à filha que a queria de motorista para passear. Angel amava dirigir o carro veloz. Queria que fosse dela.

Então usar o veículo não seria um problema, mas tirá-lo da garagem talvez fosse. Será que conseguiria desativar o alarme, entrar na garagem, abrir a porta, dar partida no carro e sair sem acordar ninguém?

Não tinha escolha. Ou dava um jeito naquilo ou sua vida seria arruinada.

A garota pegou um dos seus lenços e o enrolou na cabeça para esconder o rosto o máximo que podia. Ajeitou o cabelo atrás da orelha.

Sem aviso, Angel pensou em Dominic ajeitando o cabelo dela atrás da orelha. Seus olhos se encheram de lágrimas. Claro que algo assim iria acontecer. *Foi só conhecer um garoto incrível que comecei a me transformar num réptil nojento*, pensou.

Será que Dominic ainda gostaria dela quando a visse daquele jeito? Ou era tão superficial quanto os outros rapazes que ela tinha conhecido, cujo interesse não passava do físico? Nesse caso, seria o fim de qualquer coisa que pudesse rolar entre eles. E, mesmo que não fosse o caso, como poderiam sair com ela tendo aquela aparência? Quanto demoraria para o problema se resolver? Será que a situação se resolveria até a formatura? Ou quando viajasse para a oficina de teatro?

Por que as coisas não podiam dar certo para Angel pelo menos uma vez na vida? Não era justo.

Quando Angel entrou no carro esportivo amarelo da mãe, a pele reptiliana molenga já tinha coberto seus braços por completo. Imaginou que também havia descido para as pernas, porque estavam esquisitas. Sua barriga parecia estranha também, meio pesada. Ela se deu conta disso ao se sentar no banco do motorista; teve a impressão de estar mais baixa do que antes. Precisou ajustar o retrovisor, sendo que geralmente o empurrava para cima por ser um pouco mais alta do que a mãe.

Ao perceber isso, ergueu a camisa para ver o que estava acontecendo. Soltou um gritinho. Seu abdômen estava tão elástico que se dobrava sobre si mesmo com o peso.

Será que conseguiria chegar à Freddy's antes de ficar molenga demais para fazer qualquer coisa?

Angel avançou e apertou o botão para fechar a porta da garagem atrás de si. O bairro era uma escuridão extensa interrompida aqui e ali por luzes nos quintais. Um cão latia ao longe, mas fora isso o único som era o do motor do carro. Nenhuma das casas vizinhas tinha luzes acesas nos cômodos. Ao que parecia, não havia ninguém acordado para ver Angel levar o carro da mãe para um passeio. Ótimo.

Conduziu o veículo na direção da Freddy's e resistiu ao ímpeto de enfiar o pé no acelerador. Disparar pela cidade não ajudaria em nada. Então ela dirigiu como… bem, como uma anja, tomando o cuidado de obedecer às leis de trânsito para não chamar atenção. Estar num carro tão luxuoso transformava num desafio a missão de passar despercebida, mesmo em circunstâncias normais — e aquela obviamente não era uma delas.

A maior parte da viagem foi tranquila e silenciosa, mas ela tomou um susto faltando um quarteirão para chegar na pizzaria. Ao esperar o semáforo abrir, ouviu o rangido do motor de um carro grande se aproximando. Angel não olhou para o lado, mas o motorista do outro veículo assoviou.

— E aí, docinho? Quer se divertir um pouco?

Angel agarrou o volante com mais força — ou ao menos tentou. Ao perceber que suas mãos não se comportavam como deveriam, baixou os olhos.

Ah, não!

Os dedos estavam se transformando em pedaços segmentados de material mucoso. A visão fez seu estômago embrulhar. Já nem pareciam humanos.

O motorista do carro ao lado chamou de novo, e ela olhou para a porta para confirmar se estavam trancadas. Também baixou as mãos no volante para que o sujeito não as visse sob as implacáveis luzes dos postes.

O homem continuou tagarelando de forma sugestiva e grosseira enquanto o semáforo continuava fechado. Por que estava demorando tanto para abrir?

Depois de um tempo, a luz ficou verde, e o outro carro disparou. Angel suspirou, soltando a respiração. Dirigiu o restante do caminho até a Freddy's sem encontrar outros veículos.

Quando enfim encostou o carro na vaga de estacionamento mais próxima da entrada, olhou ao redor, perscrutando o espaço bem iluminado. Por sorte, não havia outros carros por ali. Estava sozinha.

Analisando a área de novo, abriu a porta do motorista e seguiu na direção da pizzaria. Antes que a alcançasse, porém, Dominic abriu a porta e espreitou pelo vão.

Os passos de Angel vacilaram. Ela precisava da ajuda dele, mas não queria que o garoto a visse daquele jeito, então baixou os olhos e deixou o cabelo cobrir seu rosto.

— Angel? — chamou Dominic. — Está tudo bem. Não precisa se preocupar com a sua aparência. Eu não ligo. Só vem logo para eu ajudar você.

Ela o espiou de soslaio através do véu de cabelo. O rapaz estava com a expressão séria, os lábios comprimidos e os olhos vermelhos. Será que tinha chorado?

Parecia realmente preocupado. Aquilo a fez confiar ainda mais nele. Ela seguiu adiante e deixou os dedos deformados serem envoltos pela mão forte e perfeita do rapaz.

Sem comentar nada sobre qualquer parte do seu corpo, ele a conduziu até a Freddy's.

—Vem, vou levar você para os fundos.

Angel permitiu que Dominic a guiasse pelo corredor. Ergueu os olhos. O lugar parecia muito diferente. Não só por estar vazio e silencioso, mas porque... Por quê?

Franziu as sobrancelhas.

Será que era a iluminação?

Durante a festa, as luzes da pizzaria estavam acesas. Naquele momento, porém, estavam quase todas apagadas, e as que estavam acesas emitiam apenas uma luminosidade baça. As cores vivas do lugar pareciam desbotadas. Sombras se estendiam pelo corredor diante dela, criando bolsões de escuridão ao longo das paredes e do teto. O efeito era preocupante, um pouco assustador até.

Dando alguns passos hesitantes pelo corredor com Dominic, Angel ainda via as pinturas dos personagens nas paredes, mas pareciam menos amigáveis. Por quê? Seria a escuridão? Ou alguma outra coisa?

Ela avançou mais um pouco até ouvir um estranho som tilintante. De repente, assustada sem motivo, se deteve.

— Está tudo bem — falou Dominic. — É só um dos animatrônicos passando pela manutenção diária.

Angel assentiu e voltou a cambalear adiante.

Estava atordoada. As bordas do seu campo de visão perdendo o foco, e seu equilíbrio vacilou.

A pizzaria estava ficando mais escura ou era impressão dela? Não, continuava tudo igual. O problema era ela: estava perdendo a consciência.

— Dominic? Não estou enxergando direito.

Ele a envolveu com um dos braços e começou a avançar mais depressa pelo corredor. Disse alguma coisa, mas Angel não entendeu. Tinha algo de errado com sua audição, também. Era como se estivesse com algodão nos ouvidos.

E ela afundava na direção do chão. Suas pernas pareciam vacilar. Não sustentariam seu peso por muito mais tempo.

— Dominic, me ajuda!

Ele a pegou no colo, trotando pelo corredor.

De repente, as luzes ficaram mais intensas, mas só um pouco. Ainda assim, não revelavam muito dos arredores. A visão de Angel piorava cada vez mais. As paredes e o chão estavam assumindo uma qualidade amorfa; pareciam perder a definição, se tornando indistintos, quase como uma pintura impressionista.

Angel tentou piscar e ergueu a mão para esfregar os olhos, mas seus braços não obedeceram; ficaram largados ao lado do corpo. Era como se ela não conseguisse os obrigar a responder aos comandos do cérebro.

Mas *que* comandos, afinal? Seu cérebro parecia estar se desfazendo, como se os neurônios tivessem se transformado em borracha mole. Não, não borracha. Pareciam mais uma geleca, como os *slimes* com as quais Ofélia gostava de brincar, espremendo o material entre os dedinhos como se fosse queijo derretido escorrendo de um misto quente.

— Pronto, Angel. A gente chegou. Vou colocar você numa coisa que vai ajudar, entendeu?

Ela assentiu, porque de repente parecia que sua audição havia voltado. Por quê?

Talvez fosse o alívio. Estava recebendo ajuda. Dominic sabia o que estava acontecendo; tinha inclusive dito que ia explicar tudo. Ainda não havia começado, e ela queria entender a situação o quanto antes, mas acima de tudo queria que ele fizesse aquilo tudo parar.

Talvez Dominic tenha um antílope. Não, não é essa a palavra. Antídoto. Agora sim.

Ela tentou falar de novo, mas não conseguiu.

No entanto, voltou a enxergar. Como tinha acontecido com a audição, sua visão havia retornado por milagre. Angel pestanejou, e conseguiu ver que Dominic a preparava para entrar numa caixa. Era linda, de madeira brilhante, com nós tão bonitos que Angel teve vontade de fazer parte dela. Queria que a caixa a envolvesse e a mantivesse em segurança.

Assim que viu aquilo, Angel parou de ligar para todo o resto. Parou de ligar para os motivos, também. Não precisava de uma explicação. Estava onde deveria estar.

Dominic se inclinou e colocou Angel na caixa. Ela tentou falar de novo. Queria agradecer.

— … gada. — Foi tudo que conseguiu dizer.

— Eu sei, eu sei — respondeu Dominic. — Vai ficar tudo bem.

A voz dele estava estranha e embargada, como se estivesse chorando.

Angel sentiu a umidade na testa quando Dominic se curvou sobre ela. Lágrimas. Ela quis dizer que estava tudo bem. Estava na caixa agora. Era dela. A caixa pertencia a ela, e ela pertencia à caixa.

De repente, a garota sentiu algo mexendo nos seus olhos e boca. Sentiu mãos apertando a pele dos seus braços.

— Está tudo bem, Angel — repetiu Dominic. — Só faltam algumas horas, no máximo.

Para o quê? Angel esperava que fosse para que ela enfim ficasse bem. Não seria maravilhoso? Queria fazer alguma coisa. Mas o quê?

— Eu estou aqui, Angel — falou Dominic. — Você não está sozinha.

Dominic! Era isso. Ela queria sair com Dominic. Se ela melhorasse dali a algumas horas, poderiam sair juntos.

Para onde?

— Está sentindo alguma coisa? — perguntou o rapaz.

Angel queria responder. Sim, estava sentindo. Uma superfície rígida sob seu corpo. Algo fresco embaixo da cabeça. O calor da luz brilhante cintilando lá em cima. Mãos tocando sua testa.

— Pode fechar os olhos, Angel — instruiu Dominic.

E ela o fez.

A luz sumiu. O mundo ficou escuro. Angel ainda ouvia, mas os sons eram distorcidos, como se estivesse flutuando na água com as orelhas logo abaixo da superfície.

— Isso, prontinho — continuou ele. — Vai acabar já, já.

Ótimo, pensou Angel, e se deixou levar pela inconsciência.

Angel acordou num susto, como se alguém a tivesse cutucado ou gritado em seu ouvido. Estava completamente alerta. Aquilo era bom, certo?

Tinha uma vaga lembrança de estar inconsciente logo antes de adormecer. A alergia de pele tinha embaralhado seus pensamentos.

A alergia!

Será que tinha melhorado?

Angel tentou se sentar.

Não conseguiu. Não conseguia mexer nada.

O que estava acontecendo? Tentou de novo. Era como se estivesse paralisada.

Sem gostar nem um pouco da sensação, começou a se debater, mas acabou batendo com a testa em algo duro. Em seguida, se remexeu mais, e os cotovelos e joelhos também encontraram barreiras sólidas.

Não estava paralisada. Estava presa.

Onde?

Por um bom tempo, Angel lutou para se livrar da caixa. Ela se ressentia da festa de Ofélia, pois uma vaga consciência lhe dizia que o evento tinha sido o responsável por sua situação.

Depois, porém, ela parou de tentar sair dali.

Tentou se convencer a manter a calma. Precisava pensar primeiro, depois descobrir o que fazer.

Analisou o próprio corpo. A sensação era estranha, nada familiar, mas podia ao menos sentir que estava numa posição vertical. Será que estava de pé? Se estava, era dentro de uma espécie de caixa, tão apertada que não havia espaço nem para se mexer.

A respiração de Angel começou a acelerar. Não gostava de espaços confinados.

Abriu a boca para gritar, mas parecia coberta com alguma coisa. Fita? Era impossível abrir os lábios. Tampouco sentir os dentes, e estava com dificuldade de respirar. Seu nariz parecia esquisito, como se estivesse entupido.

Angel estava prestes a entrar em pânico quando, de repente, sentiu o chão abrir sob seus pés. Então, percebeu que estava sendo puxada para baixo. Foi descendo, descendo, descendo, sem parar.

Bem ao longe, ouvia crianças gritando. Ela se encolheu. Odiava esse som. Aquilo sempre a lembrava de Ofélia, sua meia-irmã insuportável.

Acima dos berros estridentes, ouviu uma fanfarra musical e a voz retumbante de um apresentador. Não conseguia distinguir as palavras, mas ele parecia estar falando sobre o aniversário de alguém. Depois, escutou o homem dizer algo sobre um *grand finale*.

Por que aquilo parecia familiar?

Os gritos das crianças se transformaram em palmas e risadas, e os olhos de Angel de repente foram atacados por luzes intensas e borrões e mais borrões de cores vibrantes. Ela tentou entender onde estava, porque tinha a sensação de reconhecer o lugar. Tudo que via, porém, eram luzes e cores.

A impressão de estar descendo cessou, e Angel percebeu que estava pendurada no ar. Sentia o corpo balançar de lá para cá, de cá para lá. A sensação não era agradável, então ela tentou controlar o movimento girando de um lado para o outro. Também agitou os braços, e ficou agradavelmente surpresa ao perceber que conseguia executar o gesto. Estava pendurada, mas ao menos não estava mais presa. Chacoalhou as pernas também, flexionando as mãos e os pés.

O apresentador dizia mais alguma coisa. Angel captou as palavras *deliciosa jujuba*, mas não entendeu o resto da frase.

No entanto, a comoção das crianças ficava cada vez mais alta. Era como se estivessem chegando mais perto. Angel sentiu que estava sendo cercada.

Chacoalhou o corpo de novo, fazendo uma espécie de dança no ar. Será que conseguiria dar um mortal? Tentou, em vão. Alguma coisa a prendia pelo topo da cabeça.

O apresentador voltou a falar. As palavras se embolavam, todas soando ao mesmo tempo, até chegar nas últimas três. Esta, Angel ouviu perfeitamente:

— Preparar, apontar... Valendo!

Julie sorriu para o apresentador quando ele disse "Preparar, apontar... Valendo!". Deu um passo na direção da garota de jujuba pendurada no teto. Gostava tanto de ser o centro das atenções que queria prolongar um pouco o momento.

Depois se virou para olhar para os pais. Eles sorriam. A menina acenou.

— Feliz aniversário, Julie! — exclamou a mãe.

—Viva a aniversariante! — gritou o pai.

Ela abriu outro sorriso, se inclinando na direção da garota de jujuba pendurada à frente. Estendeu a mão, agarrou o pé da boneca e arrancou com uma mordida o dedão de jujuba da escultura.

— Criançada, hora de atacar! — entoou o apresentador.

E as outras crianças se apinharam ao redor de Julie, devorando a escultura de jujuba que oscilava e se debatia e não parecia com nenhuma outra que ela já tivesse visto.

O DIA DE SORTE DE SERGIO

`Sergio ergueu o rosto da` prancheta e semicerrou os olhos, irritado com o sol forte que se infiltrava através da janela que ia de uma parede à outra do escritório. Mudou de posição para não acabar prejudicando a visão, massageando o pescoço dolorido devido ao trabalho intenso. Conferiu a hora no relógio de aço inoxidável de modelo aviador: era pouco mais de duas e meia da tarde. Depois, fitou os mostradores secundários dentro do principal. Havia três, e ele não usava nenhum, mas parecia um acessório impressionante. E esse tipo de coisa também o fazia se sentir impressionante.

Era o que ele queria ser acima de tudo: impressionante.

— Já falei... Você precisa ter cuidado com o que deseja, Serginho.

Sergio virou a cabeça na direção do homem que se aproximava por trás, e no processo acabou derrubando a xícara de café. Ela virou, mas Dale, supervisor de Sergio, a segurou no ar

Era um sujeito grandalhão, gerente sênior na firma de arquitetura, e ainda por cima era ex-jogador de futebol americano. A xícara parecia um brinquedo na sua mão imensa.

— Fica esperto — comentou Dale, chacoalhando o pulso para se livrar das gotinhas de café. Por sorte, a xícara já estava quase vazia ao cair.

O sol banhava a careca do supervisor, que brilhava tanto que parecia envolta por uma auréola.

— Desculpa, Dale. Foi sem querer.

— Como assim? — perguntou Dale e olhou para a louça, que entregou de volta para Sergio. — Ah, não, não tem a ver com a xícara. Você conseguiu, Serginho. A vaga de gerente de projetos é sua.

O arquiteto se levantou, sorrindo.

— Sério mesmo? Puxa, achei que só iam decidir na semana que vem.

— O processo acabou sendo antecipado, porque o Sanders vai sair antes do que a gente imaginava.

Sergio deslizou os sapatos brogue pretos pelo carpete cinza numa espécie de *moonwalk* para retornar para a área iluminada pelo sol. Depois girou e deu um soquinho comemorativo no ar.

Dale riu e estendeu a mão.

— Parabéns.

Sergio a apertou, mas franziu a testa.

— O que você quis dizer? — perguntou.

— Como assim?

— Você falou duas coisas: "Você precisa ter cuidado com o que deseja" e depois "Fica esperto".

— Bom, você tem noção de como é difícil gerenciar projetos, né? Está pronto para começar a morar no escritório?

Sergio riu.

Dale, não.

O arquiteto se recompôs.

— Está falando sério?

Dale abriu um sorriso e deu um soquinho no braço de Sergio.

— Só um pouco. Provavelmente só vai precisar dormir aqui umas três ou quatro noites por mês.

Sergio assentiu como se fosse algo razoável, mas não era.

A verdade era que, ao se candidatar para a vaga de gerente de projetos, não tinha parado para pensar em como seria exercer o cargo em si. Tinha entrado no processo seletivo porque era o próximo passo lógico considerando sua atual posição. A ascensão de Sergio na empresa havia sido meteórica. Para seguir naquele caminho, precisava ser promovido — querendo ou não assumir mais responsabilidades.

Aos vinte e sete anos, o rapaz tinha superado qualquer trajetória normal. Aos vinte e um, já havia feito faculdade e pós-graduação. Aos vinte e dois, tinha a licença em mãos e fora contratado pela melhor firma de arquitetura da cidade. Em apenas três anos, se tornara um arquiteto sênior, para a irritação de vários funcionários mais antigos que tinham ficado para trás. E, de repente, havia se transformado no gerente de projetos mais jovem da empresa.

Como tinha conquistado tudo aquilo? Bom, para começo de conversa, ele era um gênio da arquitetura — desde criança, era ótimo com números e tinha uma excelente inteligência espacial. Sabia como moldar a realidade física em algo que chamava a atenção. Além disso, era determinado. Tanto que, para chegar ao topo, havia se forçado a trabalhar o máximo possível; nada o impediria de conquistar seus objetivos.

Nos últimos tempos, porém, tinha começado a se perguntar se de fato queria aquelas coisas.

— Alô, Terra chamando Serginho — falou Dale. — Está me ouvindo?

Sergio balançou a cabeça.

— Foi mal.

— Tranquilo. Não vamos fazer você dormir aqui esta noite.

Dale soltou uma de suas gargalhadas, que estava a um passo de uma explosão sônica. No entanto, ninguém esboçou a menor reação. Todos ali já estavam habituados ao som estrondoso.

Em seguida, o homem bateu com os nós dos dedos na prancheta de Sergio.

— Vou deixar você voltar ao serviço, mas a gente devia sair para jantar e comemorar sua promoção. Sete e meia, o que acha?

Ah, e pode começar a guardar suas coisas... Vou pedir para trazerem umas caixas. Você muda para o seu escritório amanhã.

Sergio sorriu. Aquela era a outra razão pela qual tinha entrado no processo seletivo para gerente: ia ter seu próprio escritório, um espaço separado. Nada de trabalhar nas baias comuns com outros arquitetos júnior e sênior. Aquilo, sim, era impressionante.

Assim que Dale se afastou, Clive, o colega de trabalho mais próximo de Sergio (tanto fisicamente quanto em tempo de serviço juntos), jogou uma bolinha de papel nele.

— Parabéns, idiota.

Sergio desviou da bolinha.

— Você está com inveja — brincou.

— Nem um pouco, idiota.

Clive balançou a cabeça redonda, fazendo o cabelo castanho desgrenhado cair sobre seus olhos.

Pela milésima vez, Sergio ficou abismado com a semelhança do sujeito com Bolota, o cachorro mistura de labrador e poodle que Clive e a namorada, Fiona, outra arquiteta da empresa, tanto amavam. Não era só o cabelo escuro e cacheado do rapaz. Tinha a ver com seus imensos olhos castanhos, os tons terrosos com os quais se vestia e a forma como estava sempre disposto a se divertir. Uma vez, Sergio disse a Clive que ele se parecia com Bolota, e a resposta foi:

— Sim, e você é igualzinho ao Fúria.

Sergio tinha morrido de rir. Aquele era o cachorro de Dale, um pinscher miniatura mimado, e ele de fato via as semelhanças. Assim como Fúria, Sergio era baixo, compacto e magro, e de fato tinha um nariz meio pontudo. Os dois também eram musculosos e esbeltos. O rapaz usava o cabelo preto penteado para trás, e sempre se vestia com roupas pretas bem ajustadas ao corpo. Sabia que não era bonito, mas fazia o melhor para manter um estilo (adivinha?) impressionante. E a namorada dele, Violet, arquiteta júnior na empresa, não parecia ligar para sua aparência.

— Você sabe que agora eu sou seu chefe, né? — comentou Sergio.

Clive bufou, sarcástico.

— Beleza. Foi mal, sr. Idiota.

Sergio sorriu, balançou a cabeça e tentou se concentrar no serviço.

Quase todo mundo do departamento foi ao jantar de promoção de Sergio. Considerando como o convite tinha sido em cima da hora, o rapaz achou impressionante. Torcia para que a motivação fosse apreço genuíno em vez de puxação de saco, mas era impossível saber. Não conseguia ler as pessoas, nem mesmo Violet, com quem namorava havia quase um ano. Muitas vezes não a entendia. Será que ela estava sendo sincera ao dizer que Sergio era incrível, ou era puro interesse por conta da ascensão dele na empresa, na esperança de deslanchar junto?

Por aquela razão, ele precisava confiar no trabalho árduo para conquistar a vida que queria. Nunca chegaria ao topo na base da engabelação. Era tão incapaz de engabelar alguém quanto de fazer uma enterrada numa cesta de basquete.

O jantar não foi nada chique. O pessoal do escritório simplesmente atravessou a rua até uma churrascaria que estava ali muito antes de a empresa ter se mudado para o prédio novo, no ano anterior. Mas a comida era boa, e o ambiente tinha a atmosfera vintage de que Sergio gostava — paredes com painéis de madeira, cadeiras de couro, mesas manchadas, carpete amarelo-escuro e arandelas ornamentadas.

Dale tinha reservado a sala privativa do restaurante, e Sergio estava sentado numa mesa redonda ocupada por seus colegas arquitetos, doze dos catorze profissionais do departamento. Estavam todos se divertindo, fazendo piadas, rindo, flertando.

Ou melhor: todos estavam se divertindo, *menos* Sergio.

Sim, soltava frases de efeito e ria nos momentos certos, mas só seu corpo estava ali presente. Desde que havia recebido a notícia sobre sua promoção, sentira uma tristeza impossível de explicar. Qual era o seu problema? Aquela era uma excelente novidade, mas ele não estava nada bem.

— E aí, como se sente sendo o mais novo gerente de projetos? — perguntou Violet para Sergio, que cortava seu bife ao ponto.

O aroma da carne grelhada no prato se misturava aos cheiros apetitosos de manteiga e cebola. A boca dele salivou, vendo o suco rosado escorrer do bife. Espetou o garfo no pedaço que tinha acabado de cortar.

Olhou para a namorada de cabelo escuro e cheia de sardas. Baixa e gordinha, Violet era a representação da feminilidade curvilínea. Para realçar suas feições delicadas, usava roupas com vários detalhes, babados e cores. Tinha um guarda-roupa "atrevido", nas suas próprias palavras. Ela sempre lhe perguntava se estava parecendo atrevida. Sergio não sabia muito bem o que aquilo significava, então sempre respondia:

— Está atrevida para valer, gatinha.

Basicamente, ele mentia.

Ao olhar para Violet naquele momento, Sergio se deu conta de que mentia para ela com frequência.

— Tem como não amar comédias românticas? — comentara ela outra noite, enquanto iam para o cinema para assistir a mais um filme do gênero.

— Verdade, gatinha, eu adoro — concordara Sergio, embora odiasse.

Ficção científica e histórias sobrenaturais eram muito mais a praia dele. Até terror era melhor do que comédias românticas.

— Odeio filmes de terror — dissera Violet no segundo encontro do casal. — E você?

— Também odeio, claro — respondera Sergio.

O mesmo acontecia quando o assunto era comida.

— Todo mundo ama comida chinesa — comentara Violet no terceiro encontro. — Mas não entendo muito bem o apelo. É sem graça e apimentado demais. E você, o que acha?

— Concordo plenamente — respondera Sergio, mas pedir comida chinesa era uma das coisas que ele mais amava no mundo.

Violet também decidia toda a programação dos dois.

No primeiro encontro, ela tinha anunciado que não parava em casa. Informara a Sergio que as noites tranquilas seriam raras.

— Minha mãe sempre dizia: "Se você ficar muito tempo parada, Vi, vai acabar criando raízes. Precisa estar sempre em movimento para não mofar." Então sigo em movimento, sempre fazendo alguma coisa. Quando não estou trabalhando, estou me divertindo, entende?

Sergio tinha assentido, perdido nas metáforas malucas, mesmo que adorasse ficar em casa.

— Claro — dissera. — A vida é curta demais para deixar suas raízes mofarem.

Violet tinha achado a resposta hilária, o que foi legal porque ele adorava quando as pessoas gostavam de suas piadinhas. Ao mesmo tempo, porém, não foi nada legal porque Violet tinha uma risada muito escandalosa. Era uma mistura de buzina, sirene e ronco, e atraía atenção assim como mel atraía formigas. Ela tinha deixado Sergio constrangido em dezenas de ocasiões. Tanto que ele tinha começado a tentar *não* ser engraçado, o que não parecia estar funcionando. Pelo jeito, ele era o mestre em falar coisas cômicas sem querer, como naquele dia. Depois de ficar sabendo da promoção, Sergio tinha ido até a mesa de Violet para lhe contar as boas novas.

— O pessoal vai sair para jantar hoje. Talvez você queira ir, né?

E ela tinha desatado a rir como se aquela fosse a melhor piada do mundo. Ele ficara embasbacado com a reação.

Tudo bem, Violet era inteligente e tal, e eles tinham interesses em comum, e de fato ela era bem divertida. Mas era demais querer uma namorada que gostasse das mesmas coisas que ele? Ele se perguntava se ainda estariam juntos caso tivesse sido sincero desde o começo.

Será que ela sequer gostaria dele se o conhecesse *de verdade*? Caramba, às vezes Sergio se perguntava se a namorada gostava da pessoa que ele fingia ser.

E, às vezes, ele também não gostava muito dela. Violet amava paquerar. Mesmo comprometida, gostava de dar em cima de outros homens. E não só alguns: dava em cima de *todos os homens*. Casados ou solteiros. Não estava nem aí, só queria flertar.

Sergio nunca tinha gostado disso, mas nos últimos tempos aquilo havia começado a lhe dar nos nervos.

— Sergio?

Ele olhou para Violet, que puxava sua manga.

— Eu fiz uma pergunta.

— Perdão, não ouvi. O que você disse?

— Perguntei como você se sente sendo o mais novo gerente de projetos.

Mastigando um naco de carne, Sergio a encarou, impassível, torcendo para não deixar transparecer sua irritação. Pela primeira vez na vida, respondeu com honestidade.

— Bom, tecnicamente ainda não sou gerente de projetos, certo? Então não sei.

Violet soltou sua gargalhada escandalosa.

Sergio baixou o olhar e se apressou a colocar outro pedaço de carne na boca.

O maior problema daquele relacionamento era... bem, o fato de Violet não ser a garota com quem ele de fato queria estar. Mas ele não via a garota em questão havia muito tempo, e se perguntava o que ela estaria fazendo àquela altura.

Sophia Manchester começara a frequentar o colégio de Sergio no penúltimo ano do ensino médio. Ele se apaixonara no primeiro dia de aula. Pequena e graciosa como uma bailarina, Sophia tinha um jeito taciturno, algo que ele amava, e um rosto angelical. Também era muito inteligente, gente boa, engraçada... e, infelizmente, muito popular. Embora sempre tivesse sido gentil com ele e parecido gostar das mesmas coisas que o rapaz, seus círculos sociais eram muito diferentes. Ele não tinha a menor chance.

Mas Sergio nunca a esquecera. Ao longo dos quase dez anos desde que a vira pela última vez, havia tentado encontrar uma mulher como Sophia. Violet, infelizmente, passava longe.

A namorada deu um tapinha na perna dele, depois se virou para dar em cima de Clive, mesmo que só um cabeça de vento fosse se prestar a esse papel. Todos sabiam que o rapaz era apaixonado pela namorada ruiva que dizia o que dava na telha, Fiona, que estava sentada do outro lado dele, e não era uma boa ideia mexer com uma mulher como aquela.

Dito e feito: quando Violet se inclinou na direção de Clive para roçar o peito no braço dele, uma colherada de purê de batata de Fiona voou por cima da mesa e sujou a blusa nova de Violet.

— Opa, desculpa... — ronronou Fiona, a voz suave e confiante. — Não faço ideia de como isso aconteceu.

Violet fungou alto, limpando a roupa. Depois, se afastou de Clive.

Sergio reprimiu um sorriso e se concentrou no bife. Era a melhor parte da celebração daquela noite; por ele, podiam pular a camaradagem forçada. Ser amigável com as pessoas era um trabalho árduo, e ele já estava exausto. Queria voltar para casa e parar de performar sociabilidade.

Mas ainda não era o momento.

Precisava continuar comendo, tagarelando e fingindo que estava tudo bem.

Assim que os garçons tiraram quase todos os pratos da mesa, Dale ficou de pé e bateu com o talher no copo.

O som fez todos erguerem a cabeça.

— Serginho, a gente quer um discurso — falou ele. — Você sabe, né?

Os colegas começaram a entoar um "Discurso, discurso, discurso", exceto Clive, que mexia a boca para formar a palavra "idiota".

Sergio sorriu e ficou de pé.

— Vou ser bem breve.

Todos aplaudiram, e Dale riu.

— Viu só? O menino cresceu rápido assim na empresa por um motivo.

Sergio sorriu, como sabia que devia.

— Bom, vamos lá. Obrigado, Dale e sócios, pela promoção.

Dale tombou a cabeça de lado, sorrindo.

— Você merece.

Sergio sorriu outra vez.

— E quanto aos demais... — Ele baixou a voz, até ela soar como um rosnado. — Agora, vocês são meus, seus vermes! Não se esqueçam disso.

E voltou a se sentar.

A mesa ficou em silêncio por pelo menos três segundos, depois Clive explodiu em gargalhadas e começou a aplaudir. Violet se juntou a ele, e de repente estava todo mundo rindo. *Ufa*. Por um segundo, Sergio achou que tinha estragado tudo.

Claro que Violet quis ir para a balada depois do jantar, e convenceu Sergio a convidar Clive, Fiona e mais alguns arquitetos. Embora Sergio tenha gostado de exibir seu talento na pista de dança, acabaram ficando acordados até muito tarde. Por fim, ele levou Violet para casa e seguiu para o próprio prédio a alguns quarteirões de distância.

Colocou a SUV que tinha havia dois anos na sua vaga na garagem subterrânea, depois pegou o terno no banco de couro ao lado. Saiu do veículo preto, fechou a porta e acionou o alarme. Por alguns segundos, ficou ali parado, encarando o carro.

Ele se lembrou de como ficou empolgado quando o comprou. Tinha passado alguns anos pensando em trocar a velha picape pequena por uma SUV. Mais tarde, porém, se deu conta de que aquele não era o veículo que de fato queria.

Por que sempre que avançava um pouco na escada, sentia que ainda havia muitos degraus para alcançar o topo?

Suspirando, Sergio deixou o carro para trás e pegou o elevador até o quarto andar. Lá, avançou a passos largos até o apartamento, apressado para abrir a fechadura, com as costas voltadas para a porta da vizinha, sra. Bailey. Era uma senhora intrometida, e adorava arrumar desculpas para falar com Sergio quando ele chegava em casa. Só de vez em quando ele conseguia escapar...

— Ah, é você, Sergio — disse a vizinha com a voz rouca enquanto Sergio girava a chave na fechadura. — Achei até que era um ladrão. Chegou tarde hoje, hein? Teve um encontro?

A senhora franzina de cabelo grisalho sorriu para ele. De dia, usava vestidos bem passados em tons clarinhos, mas naquela noite estava com uma camisola rosa com babados sob um robe bordado.

— Como foi no trabalho hoje? — continuou ela.

— Tudo certo.

Sergio não ia contar sobre a promoção. Ah, não ia mesmo. A senhora insistiria em convidar o rapaz para comer alguma coisa, apesar da hora. Ele bocejou, e nem foi falso, apenas bem cronometrado.

— Estou exausto, sra. Bailey. Perdão, mas preciso ir dormir.

A vizinha sorriu para ele.

— É claro, querido. Vai descansar.

Sergio agradeceu o golpe de sorte e se esgueirou para o apartamento antes que a sra. Bailey pudesse dizer qualquer outra coisa. Depois, fechou a porta atrás de si e acionou as quatro trancas.

Apoiando as costas no batente, fechou os olhos. Enfim, em casa.

Sergio tinha um apartamento legal. Com cento e dez metros quadrados, estava longe de ser minúsculo, e o condomínio tinha sido construído apenas dois anos antes. O lugar era repleto de eletrodomésticos de última geração e uma arquitetura moderna que seu olhar profissional apreciava.

Alguns amigos do trabalho tinham ajudado Sergio com a decoração, e o apartamento estava lindo. Tinha tons neutros de bege e cinza que pareciam ao mesmo tempo refinados e masculinos, e quase todos os móveis eram peças caras de antiquários. Era um lar decente, mas ele se ressentia de o prédio também abrigar gente como a sra. Bailey. Ele merecia paz, não? Não deveria ser obrigado a tolerar uma velha futriqueira que só sabia atormentar os outros.

Sergio atravessou a sala de estar e foi para o quarto. Tirou a carteira do bolso e a colocou na bandeja de cerâmica onde deixava a carteira, as chaves e as porcarias que porventura acabavam no seu bolso no fim do dia. Em seguida tirou a roupa, pendurando o terno com cuidado num cabide antes de colocar as outras peças no cesto de roupa suja. Enfiou uma calça de moletom cinza e uma camiseta preta, depois se deitou na cama e logo pegou no sono.

Na manhã seguinte, o despertador o acordou às seis em ponto. Atordoado e confuso, ele grunhiu e ligou a televisão. Zapeando pelos canais, pensou no longo dia que teria pela frente. Era bom começar a se arrumar.

Olhou para o telefone na mesinha de cabeceira de cerejeira ao estilo Rainha Ana. Conferiu o relógio. Não era cedo demais, então o pegou.

Reclinado nos travesseiros de tons cinza, branco e bege, Sergio ouviu a linha chamar. A ligação foi atendida no terceiro toque.

— Alô? — disse a mãe, com seu leve sotaque.

— Oi, mãe — falou Sergio.

— Filho! Que surpresa boa!

Ele ouviu o barulho de algo roçando no telefone, depois a voz da mãe abafada.

— Tony, vem aqui! É o Sergio!

A voz dela retornou ao volume normal, ou ainda mais alto quando gritou:

— Filho? Ainda está por aí? Vou colocar você no viva-voz. Seu pai está fazendo exercícios. Tony, vem cá! Vem falar com o Sergio no viva-voz!

Ele balançou a cabeça. A mãe amava o viva-voz.

— Como anda nosso Serjão? — questionou o pai, a voz ribombante. — Anda construindo muitos arranha-céus?

A risada que mais parecia uma metralhadora sucedeu a pergunta, e a ela se juntou a risada escandalosa da mãe.

O rapaz voltou a balançar a cabeça.

— O senhor sabe que eu não construo arranha-céus, pai. Trabalho no departamento de reformas residenciais.

— Então é só reformar apartamentos em arranha-céus.

— Numa cidade onde o prédio mais alto tem dez andares?

— Se quiser chegar longe, filho, você precisa ser visionário. Não dá para alcançar o topo sem *ver* o topo. Precisa ser ousado e audacioso para se destacar.

Tony Altieri sabia muito bem o que era ser ousado e audacioso para se destacar. Diretor de uma imensa transportadora, o pai de Sergio era um homem verdadeiramente impressionante. Na época do nascimento do filho, quando Tony tinha trinta e poucos anos, já havia construído seu império e uma mansão para a família. Desde então, seu negócio só havia crescido. Ele não só tinha enchido a mansão com os melhores móveis, obras de arte e carros como também comprara outras propriedades para encher com móveis, obras de arte e carros.

— Consegui uma promoção — contou Sergio. — Aquela vaga sobre a qual comentei com o senhor... Eu consegui.

— Para CEO da empresa? — perguntou Tony, rindo de novo.

— Tony, deixa disso — falou a mãe de Sergio. — Parabéns, filho. Temos tanto orgulho de você! A gente precisa celebrar. Com seu macarrão favorito. E bolo. Vamos comprar um bolinho. Qual vai ser mesmo seu cargo?

— Gerente de projetos.

— Olha, parece incrível — comentou a mãe.

Tony bufou.

— Não é para relaxar agora, hein, Sergio! Sempre avante! E aí, viu o jogo ontem?

Sergio notou que estava cerrando os dentes, e se forçou a relaxar.

—Vi só o placar final. Perdi o jogo porque a gente saiu para comemorar minha promoção.

— E conheceu alguém? — indagou a mãe.

— Não, mãe. Foi só o pessoal do meu departamento mesmo. Violet é a única mulher de lá interessada em mim.

— Essas meninas não têm bom gosto — comentou o pai. — Pelo menos Violet sabe reconhecer um bom partido.

A mãe de Sergio bufou. Não era muito fã de Violet.

O rapaz deu um jeito de desligar o quanto antes. Já estava se perguntando por que havia ligado para os pais para começo de conversa.

Bom, na verdade ele sabia: queria se sentir apreciado. Queria sentir que enfim havia conquistado o bastante para ter "chegado lá". Por que raios precisava da validação do pai?

Sem dúvida, a comilança do jantar devia estar prejudicando seu raciocínio.

O novo escritório de Sergio era fora de série. O novo trabalho, nem tanto.

O espaço não era imenso; não tinha uma bela vista nem nada assim. Na verdade, não passava de um cômodo entre a copa e uma sala de reuniões, mas pertencia a ele. Sem contar que as janelas tinham persianas, ao contrário do andar dos arquitetos, por alguma razão. Quando o sol começou a incomodar seus olhos às duas da tarde, Sergio foi todo alegre fechar as cortinas.

Aquele, porém, foi o único momento feliz do dia. O resto passou como um borrão atordoante enquanto ele tentava se inteirar do que Sanders vinha fazendo até então — ou melhor, o que *não* vinha fazendo. Após apenas duas horas analisando a situação, entendeu por que seu antecessor tinha pedido demissão. Aquilo não era trabalho para uma pessoa. Era trabalho para ao menos dez, sem contar assistentes. Clive tinha razão. Sergio era um idiota.

Ele não tinha sido informado sobre o valor do aumento de salário antes da promoção, mas imaginava que seria decente. Estava errado. Ia receber apenas mil dólares a mais por mês... para trabalhar dez vezes mais.

— Idiota — resmungou baixinho, tentando organizar as poucas tarefas que julgou conseguir cumprir naquele dia; isso se ficasse no serviço até quase meia-noite.

A porta do escritório se abriu e Clive entrou, trazendo consigo os aromas da copa. Sergio identificou o cheiro de café, pipoca e burrito requentado no micro-ondas.

— E aí, como anda o trabalho novo? — perguntou Clive.

Sergio deixou a cabeça cair sobre a pilha de documentos diante dele e bateu a testa na papelada algumas vezes.

— Nada bem, pelo jeito.

O colega avançou pela sala e se sentou numa das cadeiras estreitas de couro e aço inoxidável diante de Sergio. Olhou ao redor para a mesa simples de carvalho, a outra cadeira, as prateleiras repletas de pastas e a prancheta guardada no cantinho do espaço.

— Não é que você tem mesmo uma prancheta? — comentou Clive. — Acha que vai dar tempo de usar?

Sergio nem respondeu. Em vez disso, indagou:

— Acha que é possível alcançar nossos ideais?

Clive se virou de lado e apoiou um dos pés em outra cadeira diante da escrivaninha.

— Que pergunta profunda.

— Foi mal. Sei que você odeia usar seus quinze ou vinte neurônios.

— Pois é. Você está me colocando numa saia-justa.

— Esquece, então.

— Não, é um bom questionamento. Quer a resposta honesta? Não acho que ideais existam para valer. Acho que são só coisa da nossa cabeça. Digo, você já fez algum projeto que ficou tão bom quanto na sua imaginação? Se responder que sim, pago o jantar para você por uma semana, porque eu mesmo nunca consegui.

— Por mais tentador que seja mentir só para garantir esses jantares... — começou Sergio, com um sorrisinho. — Não, nunca fiz também.

— Então. Somos um bando de jumentos.

— Como assim?

— Ah, por causa da história da cenoura na vara. Somos só um monte de jumentos tentando alcançar uma cenoura que vai estar sempre fora do nosso alcance, não importa o quanto a gente se esforce.

— Que deprimente.

Clive deu de ombros e chacoalhou a cabeça, fazendo uma imitação não intencional de Bolota, o cachorro.

— Consegui o que queria, então. — Ele abriu um sorriso, depois acrescentou: — Mas falando sério, não acho deprimente. É meio libertador, se você parar para pensar. Se a gente nunca vai ter o que quer, por que tentar? É só fazermos nosso melhor e nos divertirmos.

Ele parou e bateu uma continência.

— Sr. Idiota, pedindo dispensa.

E fez várias mesuras ao sair do escritório.

Sergio riu, depois se recompôs e tentou se concentrar no trabalho.

Após duas semanas no cargo novo, Sergio tinha dobrado seu consumo de cafeína e ainda continuava com demandas acumuladas. Já tinha cometido dois erros idiotas que haviam custado vários milhares de dólares à empresa, e tomara duas broncas de clientes. Dale tinha garantido que aquilo fazia parte da curva de aprendizado do cargo, mas Sergio estava desesperado mesmo assim.

Também estava entediado e decepcionado. Achava que aquela posição lhe daria mais oportunidades para implementar conceitos arquitetônicos de última geração, mais liberdade para ir além dos limites estabelecidos pelas outras reformas feitas por seu departamento. Por um bom tempo, ele tinha se frustrado pelas modificações óbvias e limitadas que os clientes faziam em suas casas. Queria ter carta branca para entrar num lugar, demolir a porcaria toda e remodelar o espaço em algo completamente diferente. Achava que um gerente de projetos teria autonomia para transformar aquela ideia em realidade. Estava errado. Os projetos supervisionados eram mais do mesmo — e além de desgostar dos projetos em questão, ainda era responsável por gerenciar mais aspectos dele. A posição era de fato só mais trabalho e nenhuma satisfação.

Não era só o serviço que ia de mal a pior — sua vida pessoal também parecia estar indo por água abaixo. A vizinha, sra. Bailey, tinha começado a ficar acordada até tarde para recepcionar Sergio com dicas e mais dicas de como dormir melhor.

Também havia a inquilina do apartamento de cima, que fazia aulas de dança. Por semanas, ele a ouvia sapatear acima da sua cabeça. Não sabia o nome da mulher, mas a apelidara de Centopeia. Por alguma razão, Centopeia andava treinando até as duas da madrugada. Ele tentara falar sobre isso com ela certa noite — mas, depois de ouvir poucas e boas por ter ido tocar a campainha da vizinha àquela hora da madrugada, ela havia despejado em Sergio uma enxurrada de xingamentos que o fizeram corar.

Além disso, como nunca tinha tempo de ir ao mercado, ele pedia cada vez mais comida fora; também vivia exausto quando estava em casa, então quase nunca se exercitava, e só ficava largado na cama. As mudanças de hábito haviam resultado numa barriguinha protuberante que crescia a cada dia que passava.

A insatisfação de Sergio só crescia também, assim como o número de horas trabalhadas. Na maioria dos dias ele saía da empresa quase à meia-noite, e sempre levava uma pilha de documentos para ler antes de ir para a cama.

E, como se tudo isso não bastasse, Violet odiava a rotina de Sergio até mais do que ele, e por isso não parava de pegar no seu pé.

— Que história é essa de você trabalhar o tempo todo agora, Sergio? — perguntara ela no fim de sua primeira semana como gerente de projetos.

Estavam numa festa à qual tinham ido por muita insistência dela, mesmo só podendo chegar depois das dez e meia da noite, quando Sergio saiu do trabalho. Ele sabia que a namorada iria querer ficar até pelo menos duas da manhã, mas Sergio precisava acordar cedo para trabalhar domingo de manhã. Caso contrário, não daria conta dos compromissos na segunda.

— Bom... Porque é parte do trabalho novo — respondera Sergio, a voz carregada de sarcasmo. — Aquele que consegui depois da promoção. É um cargo de alta demanda. O que você quer que eu faça? Pegue uma serra e corte o trabalho na metade?

Não devia ter dito aquilo. Violet começou a rir histericamente, e todo mundo na festa se virou para encarar os dois.

E assim as coisas caminhavam. Trabalhar. Tentar agradar a namorada. Chegar tarde em casa. Lidar com a vizinha intrometida. Comer qualquer porcaria. Aturar a barulheira da Centopeia. Por fim, ir dormir. E então tudo de novo.

Os dias dele eram basicamente focados no trabalho. Os pouquíssimos minutos dos quais gostava eram aqueles em que saía do prédio, admirava a vaga de estacionamento reservada para o gerente de projetos (aquilo, sim, fazia valer a pena se matar de trabalhar... só que não!), andava até lá e entrava no carro. Era seu momento fugaz de liberdade. Todo dia, ele tinha apenas alguns segundos para usufruir da sensação de estar fugindo de tudo.

Mas mesmo essa regalia estava fora de cogitação naquela noite chuvosa de terça.

Como a previsão do tempo dizia que seria um dia de sol, Sergio não tinha se preparado para uma tempestade. A nova vaga ficava a uns seis metros da porta da empresa, então ele e a pilha de papéis já estavam encharcados quando entrou na SUV. E estava com frio. E com fome.

Sergio colocou a papelada no banco do passageiro. Ligou o aquecedor no máximo, o que fez os vidros do carro embaçarem. E seu terno de lã começou a feder a estábulo. Ou será que era seu próprio fedor? Ele não sabia. Higiene pessoal era outra coisa que havia perdido com aquele cargo.

Saindo da vaga, logo percebeu que estava quase sozinho na rua. Tinha sido igual todas as noites daquela semana... e por isso foi não só irritante, mas também muito inconveniente quando o carro resolveu enguiçar no meio daquela região isolada e deserta. Sergio mal conseguiu encostar na sarjeta antes de o veículo perder toda a velocidade e parar por completo.

Ele olhou para as luzes ainda acesas no painel. Não era a bateria. Checou o tanque de gasolina. Ainda estava pela metade. Não era falta de combustível.

— Que porcaria é essa? — perguntou para o carro.

Não obteve resposta.

Tentou dar a partida na SUV de novo. Nada. Não fazia sentido abrir o capô, porque não entendia bulhufas sobre motores de carro.

Então ficou ali sentado, ouvindo a chuva tamborilar na lataria. Tentou enxergar além da camada cinzenta de água. O lado de fora estava vago e obscuro, e até onde podia ver, não havia ninguém por perto.

Perscrutou a escuridão, procurando por uma placa de ABERTO na fachada de alguma loja. Sem sucesso.

O quarteirão não tinha muitos bares e restaurantes, então estava tudo fechado.

De repente, lembrou que havia um posto de gasolina a uns dois quarteirões dali. Com sorte, conseguiria um reboque por lá.

Mas isso significava andar por uns dez minutos na chuva. *Ah, que ótimo.*

Sergio se debruçou sobre o volante. Que final péssimo para uma semana perfeitamente péssima.

Ergueu a cabeça e olhou para a pilha ainda úmida de papéis no banco do passageiro. Teve vontade de jogar tudo na rua. Ele se imaginou fazendo aquilo, sapateando em cima dos documentos ensopados.

Suspirando, Sergio apontou para o carro morto.

— Copo cheio, prazer, essa é a gota d'água.

A chuva caiu com mais intensidade.

Ele se reclinou no assento e fechou os olhos. Como tinha ido parar naquela situação?

Depois de tanto trabalho. Tanto esforço. Tanta determinação. Depois de tudo, era aquilo que ele merecia? Um carro enguiçado no meio de uma tempestade?

Beleza, então.

Abriu a porta e saiu para encarar a chuva. Ficou encharcado no mesmo instante.

Batendo a porta, foi até a frente do veículo e chutou o pneu dianteiro com força.

— Ai! — exclamou, saltitando sobre um pé só, impressionado com a dor que um dedão era capaz de gerar.

Água escorria pelo seu colarinho, e os pulos tinham feito molhar toda a perna da calça.

Resistindo ao ímpeto de chutar o veículo de novo, se afastou a passos largos. Depois, puxou o terno arruinado para cima da cabeça, criando uma capa de chuva improvisada, e foi abrindo caminho pela água até a calçada. Uma vez lá, baixou o rosto e seguiu em frente.

As luzes da rua forneciam iluminação apenas para que ele visse o meio-fio e as rachaduras na calçada. Era tudo de que precisava para se orientar.

Tinha avançado por apenas um quarteirão quando a tempestade começou a dar trégua. Sem ligar muito, porque já tinha passado por poucas e boas àquela altura, continuou caminhando. Até que duas coisas aconteceram ao mesmo tempo: a chuva parou por completo, e ele quase tropeçou num saco de lixo verde jogado na calçada.

Baixando o terno, olhou ao redor. O poste mais próximo banhava com sua luz amarelada uma lixeira meio tombada. O conteúdo dela estava todo espalhado.

Havia restos de comida, papéis encharcados e copinhos de café amassados para todos os lados. Sergio começou a avançar com cuidado por entre o lixo.

Tinha percorrido apenas alguns metros quando a luz do poste refletiu em algo de cores brilhantes. Sergio imaginou que devia ser um pote ou copo de plástico, mas mesmo assim olhou com atenção conforme passava.

De repente, ele parou.

Não era um pote ou copo de plástico.

Era... O que era aquilo?

Curioso com o formato estranho que se destacava em meio aos entulhos, Sergio chegou mais perto. Era uma hélice vermelha no topo de um chapéu.

Ao se inclinar para ver melhor, descobriu que o chapéu estava preso à cabeça de um pequeno boneco de plástico, com cerca de vinte e cinco centímetros de altura. Era um menino com cabelo castanho-avermelhado, grandes olhos azuis, nariz triangular laranja, bochechas rosadas e uma boca sorridente cheia de dentes brancos proeminentes. A cabeça redonda combinava em forma e tamanho com a robustez do corpo, que lembrava uma bola de boliche colorida com braços e pernas.

O boneco usava uma camisa de manga curta com dois botões e listras verticais vermelhas e azuis, iguais às do chapéu. Ela estava enfiada dentro da calça azulada, cuja barra se estendia até um par de sapatos marrons e simples. Eram mais redondos do que o normal, mas combinavam com as mãos gordinhas e sem dedos do garoto.

Ambas estavam ocupadas. A direita segurava um grande balão listrado de vermelho e amarelo, enquanto a esquerda exibia uma placa que dizia SOU UM GAROTO DE SORTE.

— É mesmo, não é? — falou Sergio para o boneco, brincalhão. — Tem alguma dica? Um pouco de sorte viria a calhar.

— Sou um garoto de sorte — disse o brinquedo, com uma voz aguda.

Sergio arregalou os olhos. Não era um boneco qualquer, era eletrônico. Surpreso por ainda estar funcionando apesar de ter ficado na chuva, o arquiteto ficou intrigado e pegou o brinquedo.

Embora estivesse molhado, frio, duro e escorregadio, era leve. E, apesar de aparentar ser antigo, estava em ótimas condições. A pintura não parecia trincada nem desbotada.

Sergio virou o boneco de um lado para o outro, procurando um botão de ligar. Não encontrou nada. Viu se havia algum alto-falante, mas também não achou. Buscou até mesmo o compartimento da bateria. Nada.

Interessante. Será que o brinquedo falava apenas aquela frase? Só por diversão, decidiu conversar com o boneco.

— Você falou que é um garoto de sorte, como diz na sua plaquinha. Bom para você!

— Bom para você! — repetiu o boneco.

Ah, certo. Talvez ele tivesse algumas frases pré-gravadas e fosse programado para repetir o que "ouvia" — ou seja, o que gravava. Os mecanismos internos eram muito bem escondidos; não parecia um brinquedo barato.

Sergio decidiu testar sua teoria sobre a gravação.

— Testando, testando — disse.

O boneco não repetiu as palavras. Em vez disso, falou:

— É uma sorte ter sorte!

E depois emitiu uma risadinha engraçada.

Sergio sorriu. A risada era contagiante.

Olhou ao redor. Ainda estava sozinho. Voltou a fitar o boneco e deu de ombros.

— Você tem nome? — perguntou.

— Meu nome é Garoto de Sorte — respondeu o brinquedo.

Sergio deu uma risadinha.

— Ah, jura?

Será que valia alguma coisa? Provavelmente não. De qualquer forma, decidiu que não podia deixar o brinquedo ali. Era diferente, e parecia antigo. O arquiteto amava coisas diferentes e antigas. Usaria o boneco na decoração de sua casa.

Com o Garoto de Sorte enfiado debaixo do braço, Sergio continuou andando. Em cinco minutos, estava na loja de conveniência do posto de gasolina tomando todas as providências para que fossem rebocar seu carro. Enquanto assinava a papelada, colocou o brinquedo no balcão.

O atendente chamou o reboque e depois voltou ao balcão, observando Sergio assinar os papéis. Era um adolescente cheio de espinhas e tinha o cabelo ralo, mas estava vestido com uma camisa de uniforme azul limpa e uma calça cáqui, e era bem amigável.

— Sinto muito pelo carro, cara — disse. — Ei, quer comprar um bilhete de loteria para o jogo que roda amanhã? Talvez ajude a pagar o conserto.

— Não, valeu — respondeu Sergio.

Tentava prender a respiração porque o ambiente cheirava a banha de porco e meias sujas, mas soltou um arquejo involuntário quando Garoto de Sorte disse, com sua vozinha de soprano:

— É seu dia de sorte!

— Caramba, que boneco legal — comentou o adolescente.

— Não é um boneco.

— Ah, que seja, é legal mesmo assim.

Sergio olhou para o brinquedo e deu de ombros.

— Beleza. Vou comprar o bilhete, então. Vai saber…

— Pois é.

O atendente sorriu e emitiu um bilhete.

Eram quase três da madrugada quando o reboque deixou Sergio diante do seu prédio. Ele nem se deu ao trabalho de explicar o que era o Garoto de Sorte para o motorista robusto, que olhou desconfiado para o brinquedo nas mãos de Sergio — e para o arquiteto.

Avançando pé ante pé pelo corredor que levava ao seu apartamento, Sergio conseguiu abrir e fechar a porta sem ser incomodado. Pelo jeito, a sra. Bailey tinha, *sim*, uma hora limite para ir dormir. O rapaz olhou para o brinquedo que ainda carregava.

— Talvez seja meu dia de sorte, afinal.

Garoto de Sorte soltou sua risadinha travessa.

Sorrindo, Sergio levou o brinquedo para o quarto e o colocou sobre a mesa de cabeceira de cerejeira, ao lado da bandeja de cerâmica. Depois esvaziou os bolsos encharcados, tirou as roupas arruinadas, tomou um banho e se jogou na cama. Duas horas e meia depois, o despertador quase o arremessou para o outro lado do quarto.

Ele se vestiu aos grunhidos, praticamente sem acordar. Em seguida, chamou um táxi.

— Algum conselho sábio? — perguntou ao Garoto de Sorte antes de sair do apartamento.

Garoto de Sorte riu, repetindo:

— Hoje é seu dia de sorte.

Sergio não sabia se concordava com a afirmação, mas, tecnicamente, o dia mal havia começado. Tudo podia acontecer. Depois de uma noite tão cansativa como a que tivera, um pouco se sorte viria bem a calhar.

O dia passou num borrão de privação de sono. Sergio era um zumbi ambulante, e quando Dale corrigiu seus cálculos pela décima vez (sendo que, na última, ele tinha somado seis com sete e falado que a resposta era quinze), enfim admitiu:

— Dale, sinto muito. Estou dormindo em pé. Meu carro enguiçou no meio daquele temporal de ontem. Dormi só duas horas e meia essa noite.

— Pode ir para casa, então — respondeu o supervisor.

Sergio se encolheu. Estava sendo demitido?

Dale riu.

— Isso não é uma punição. Não somos completos carrascos por aqui. Se alguém precisa dormir, precisa dormir e pronto. Vai para casa e descansa. Quando voltar, talvez possa me dizer de novo quanto é seis mais sete.

Sergio avisou a Violet que estava saindo, e ela ofereceu seu carro emprestado.

— Posso pedir para alguém me levar até sua casa mais tarde, aí pego o carro de volta — sugeriu ela. — Depois a gente pode ir à inauguração daquela galeria que eu queria conhecer. Você já vai estar descansado no fim do dia, né?

Sergio assentiu, depois se deteve no meio do movimento. Não queria ir para galeria nenhuma. Já que era seu dia de sorte, será que não merecia falar a verdade pelo menos uma vez na vida?

Por isso, balançou a cabeça e se recusou a aceitar a chave que Violet estendia na sua direção.

— Vou pedir um táxi mesmo — determinou. — Depois, vou direto para a cama dormir até amanhã cedo. Não estou a fim de sair mais tarde.

Violet fez o biquinho que Sergio costumava achar meio fofo. Ele, porém, se virou e seguiu até seu escritório para chamar um táxi.

No caminho para casa, Sergio ouviu no rádio uma notícia sobre como um dos vencedores do "grande prêmio da loteria" tinha comprado um bilhete no posto de gasolina da cidade. Será que era aquele que visitara no dia anterior? Precisava conferir o bilhete.

Quando chegou em casa, porém, Sergio mal parava em pé. Não tinha energia sequer para conferir os números da loteria. Em vez disso, desabou na cama e dormiu por quatro horas seguidas. Acordou pouco antes das oito da noite. E, sem sentir um pingo de culpa pela última mentira dita a Violet, pediu uma pizza de pepperoni. Levando a caixa para a cama porque ainda estava cansado demais para pensar, Sergio ligou a televisão. O noticiário estava quase no fim.

Uma âncora toda animada anunciou:

— E, para terminar com uma notícia boa, cinco pessoas acertaram o número do grande prêmio. E um desses bilhetes foi comprado aqui na cidade! Parabéns ao vencedor, quem quer que seja!

Verdade. O bilhete.

Sergio saltou da cama. Correu até a bandeja de cerâmica e a vasculhou atrás do bilhete. Pegou o celular para procurar os números vencedores e os comparou com os do seu jogo.

Pestanejou e comparou as sequências mais uma vez.

Caramba! Todos os números batiam!

Sergio pulou e gritou de alegria.

De repente, ouviu Centopeia bater com algo no chão.

— Eu que o diga! — berrou ele.

Em seguida correu até a mesa de cabeceira e pegou o Garoto de Sorte. Segurou o brinquedo como um parceiro de dança e girou ao redor do cômodo.

— Você é brilhante! Brilhante!

Garoto de Sorte soltou a risadinha engraçada de sempre.

Sergio a imitou e se jogou na cama. Agitou os pés no ar, gritando para celebrar. Centopeia bateu de novo no chão.

— Vai para o inferno! — gritou ele.

Não ia mais engolir nada daquilo. Com aquele bilhete premiado, tinha como consertar todos os problemas da sua vida.

Ah, sim… Agora as coisas iriam mudar!

No dia seguinte, Sergio ligou para o trabalho dizendo que estava doente. Quando Violet telefonou mais tarde, deixou cair na caixa postal. Depois, foi até a lotérica central sacar o dinheiro. Como era uma das cinco pessoas a acertar os números premiados, depois dos impostos acabou com pouco mais de seiscentos mil dólares. Tudo bem, era mais do que suficiente.

De volta em casa, Sergio relaxou na sala de estar, ponderando sobre o que fazer em seguida. Tinha tantas possibilidades!

A oficina havia ligado para avisar que um vazamento tinha drenado todo o óleo do carro. Custaria milhares de dólares para consertar o motor. Será que ele devia arrumar o veículo ou vender do jeito que estava e comprar um novo?

Sorridente, Sergio se levantou e foi buscar o Garoto de Sorte. Carregando o brinquedo até a sala de estar e se sentindo um pouco bobo, perguntou:

— É melhor eu consertar meu carro ou comprar outro?

—Você merece coisas boas! — cantarolou o boneco.

—Verdade, mereço mesmo.

Sergio se sentou e colocou Garoto de Sorte no colo.

— Que tipo de carro mereço?

—Você merece que seus sonhos se realizem!

— Sério?

Sergio pensou no carro dos seus sonhos, aquele que queria desde sempre, um que o pai uma vez chamara de "desperdício de dinheiro e nada prático" — isso considerando que Tony tinha dezessete carros. Ter mais do que dois ou três carros não era um desperdício de dinheiro e nada prático, afinal?

— A gente não deve comprar carros para se exibir, filho — dizia Tony. — E sim pelo seu valor. Comprar um veículo para se exibir é pedir para ser roubado. Vai pagar mais do que o carro vale, e ainda servir de ímã para ladrões.

— Mas e se eu gostar de me exibir? — perguntou Sergio em voz alta, ali sozinho na sala.

—Você merece se exibir! — exclamou Garoto de Sorte.

— O que devo comprar? — quis saber Sergio.

— Um carro esportivo para se exibir! Quanto mais caro, melhor!

Sergio apontou para o boneco com o indicador.

— Gostei do raciocínio.

Ignorou a parte do seu cérebro meio assustada com o fato de estar conversando com um brinquedo. Garoto de Sorte lhe dera os melhores conselhos que já recebera na vida. Quem era ele para questionar de onde vinham?

E, assim, Sergio comprou um carro esportivo, vermelho brilhante, ótimo para se exibir. De última geração, digno de chamar a atenção e impressionante das rodas ao capô, o carro novo o fazia se sentir mais impressionante do que o bobo relógio estilo aviador. Falando nisso...

— Que tipo de relógio devo comprar? — perguntou ele ao Garoto de Sorte depois de voltar para casa com o carrão novo.

— Você merece luxo!

Sergio se vestiu e saiu para se exibir com o carro. Foi até a melhor joalheria da cidade e gastou trinta e sete mil dólares num relógio de ouro novo. Era impressionante.

Depois, parou e ligou para Violet. Ela tinha acabado de chegar em casa do trabalho.

— Que tal a gente ir jantar no Horizonte? — perguntou ele, sorrindo.

A namorada arquejou: aquele era o melhor restaurante da cidade.

— E o que a gente vai comemorar?

— Conto quando chegar aí. Me encontra na frente do seu prédio.

— Achei que seu carro estava no mecânico — comentou ela.

— E está, mas comprei um novo. É vermelho, não tem como você não ver.

— Ceeeeerto — respondeu Violet, estendendo a palavra como se ele tivesse perdido o juízo.

Sergio riu e desligou, já a caminho do prédio dela. Quando faltava pouco para chegar, fez o motor rugir. Pisou no acelerador para disparar adiante, depois freou com tudo, e parou com um guincho no meio-fio a menos de trinta centímetros de Violet, que ficou encarando o carro novo de queixo caído.

— E aí, o que achou? — perguntou ele, enquanto o poderoso motor rugia e ela fitava o veículo.

— Como? — indagou Violet. — O salário de gerente de projetos não é *tão* maior do que o de arquiteto sênior.

— Entra. Vou te contar tudinho.

Ele abriu a porta, e Violet deu um sorriso.

Durante o jantar de carne e lagosta com direito a enormes fatias do bolo de chocolate mais delicioso que ele já tinha comido, Sergio contou a Violet sobre o bilhete vencedor da loteria. Não mencionou, porém, a existência de Garoto de Sorte. De alguma forma, aquele parecia um segredo que ele precisava manter apenas para si.

E devia ter mantido a vitória na loteria apenas para si também, pois Violet logo começou a dar pitaco em como ele poderia gastar o dinheiro.

—Você devia comprar um barco — disse ela, se deliciando com a fatia de bolo. — Daria para ir para o lago todo fim de semana. Ah, e que tal comprar uma cota num desses planos de compartilhamento de propriedade de veraneio? Assim a gente poderia ficar sempre em lugares diferentes. Ou talvez a gente devesse planejar uma viagem de volta ao mundo… Ah, espera. Um cruzeiro. A gente devia fazer um cruzeiro. Ou então…

Sergio mal prestava atenção. Estava mais ocupado saboreando o maravilhoso bolo de chocolate, mas soltou pequenos resmungos de concordância nos intervalos apropriados… até notar que Violet não estava mais falando. Também percebeu que tinha algo errado quando ela bateu com o garfo na mão dele.

— Ai! O quê?

— Eu perguntei o que é isso aí? — repetiu ela, apontando para o relógio novo.

— Ah, é.

Sergio se lembrou de repente do acessório.

— Eu me esqueci de mostrar, comprei hoje à tarde. Custou trinta e sete mil dólares, mas eu mereço.

Depois abocanhou outra garfada de bolo.

Violet tocou o relógio, reverente, e sorriu, se virando para ele com os olhos brilhantes.

— E para mim, o que você comprou? Passei a noite pensando nisso. Com certeza você me trouxe alguma coisa, já que ganhou todo esse dinheiro. Imaginei que você estivesse guardando para o fim do jantar, mas não aguento mais esperar. E aí, o que é?

Sergio baixou o garfo, fitando a mesa.

— O quê? — perguntou Violet. — Tem algo para mim, né?

O arquiteto fez uma careta.

— Então...

— Você comprou um carro esportivo e um relógio de trinta e sete mil dólares e *nada* para mim?

A voz de Violet subiu pelo menos uma oitava no fim da pergunta.

— Eu... Então...

Pensa, disse a si mesmo. Com certeza poderia inventar alguma boa razão para não ter comprado nada para ela.

Violet ficou de pé e jogou o guardanapo na mesa.

— Me leva para casa. *Agora*.

Sergio não discutiu. Não tinha energia para isso, e logo se deu conta de que não se importava se ela estava irritada. Sem pestanejar, levou a namorada para casa.

Lá, Violet saiu do carro e começou a se afastar. Depois se virou e disse:

— É melhor você comprar algo para mim até amanhã.

E saiu pisando duro, com os quadris chacoalhando enfaticamente.

Sergio nem pensou em Violet depois de se afastar do prédio. Estava se sentindo bem demais para se incomodar com o chilique da mulher.

Quando chegou em casa, mostrou o relógio para Garoto de Sorte.

— O que acha? — perguntou.

Garoto de Sorte riu.

— Você está impressionante!

No dia seguinte, Sergio colocou o relógio novo e saiu para o trabalho dirigindo seu carro igualmente novo.

— Que carrão, hein? — comentou Clive, entrando no escritório de Sergio pouco depois das nove da manhã. — O salário de gerente deve ser maior do que eu imaginava.

— Fecha a porta — pediu Sergio.

Tinha aprendido a lição com Violet. Contar aos outros sobre a vitória na loteria podia ser delicado.

Clive pareceu surpreso e obedeceu antes de se largar numa das cadeiras de visita.

— E aí, qual é o grande segredo? Você roubou um banco?
— Não!

Sergio sorriu, baixando a voz.

— Ganhei na loteria.

Clive riu.

— Essa é boa.

— É sério. Comprei um bilhete porque...

Sergio se deteve. Quase tinha contado a Clive sobre o Garoto de Sorte. Sentiu de novo que devia manter aquela parte em segredo. Cobriu o quase ato falho dizendo:

— Porque segui minha intuição. E ganhei.

Clive balançou a cabeça.

— Que ótimo! — exclamou, depois viu o relógio. — Bem luxuoso isso aí.

Sergio corou.

— Eu mereço luxo.

— Claro que merece. E agora, vai comprar o que mais? Ah, já sei, que tal dar uma piscina de presente para o seu amigão Clive?

Ao contrário de Violet, o colega estava brincando — ou Sergio ao menos torcia para que estivesse. Decidiu entrar na onda.

— Eu, hein? — respondeu com um revirar de olhos. — Vai lá e ganha na loteria também, aí você compra sua piscina.

— Estraga-prazeres...

— Quando eu comprar uma piscina, vou chamar você para um mergulho.

— E vai mesmo comprar uma?

Sergio deu de ombros.

— Para ser sincero, não sei o que vou fazer agora. Preciso perguntar para...

Opa. Ele quase deixou escapar de novo.

Clive o encarou.

— Para quem você precisa perguntar? Sua mamãe?

Sergio apontou a caneta na direção de Clive.

— Rá, rá, que engraçado. Não, não é para minha mãe. Só perguntar em geral, sabe? Para minha própria intuição. E para o universo. Tipo isso.

— Desde quando você é espiritualizado assim?

— Ter dinheiro é uma experiência transformadora.

Clive riu.

— Mesmo assim, melhor você trabalhar. O Dale ficou todo rabugento ontem por precisar assumir seu trabalho. E o projeto do Jenkins está uma bagunça danada.

Sergio franziu a testa.

— Não estou criticando — continuou Clive. — Eu não teria feito nem metade do que você vem fazendo, mas estou só avisando que os figurões não vão ligar para seu carro ou seu relógio de luxo.

Sergio suspirou.

— Você tem razão. Fiz uma bagunça uns dias atrás, agora preciso consertar.

Clive se levantou, se inclinou sobre a escrivaninha e estendeu a mão.

— Bate aí.

Sergio bateu.

— Estou feliz de verdade por você — falou Clive. — Aproveita. Só não vai dar um tiro no próprio pé.

— Quem daria um tiro no próprio pé? — perguntou Sergio. — Nunca entendi essa expressão.

— Sei lá. Era o que a minha mãe dizia quando eu me empolgava e agia por impulso. Na verdade, acho que não se aplica no seu caso, mas enfim. Só toma cuidado com as suas decisões.

— Beleza, papai.

Clive riu e saiu do escritório.

Depois de fitar o relógio por vários minutos, Sergio se pôs a trabalhar. E ainda continuou trabalhando por um bom tempo depois de todo mundo ter ido embora, até mesmo Violet. Ela não estava falando com ele. Já passava da meia-noite quando Sergio saiu do prédio e seguiu até seu…

Onde estava seu carro?

Seu novo e brilhante carrão esportivo não estava na vaga.

Que porcaria era aquela?

Sergio deu uma volta completa no estacionamento vazio. Depois suspirou, voltou para o escritório e chamou a polícia.

O policial que fez o boletim de ocorrência foi simpático e levou Sergio de carona para casa. Foi divertido. Sergio gostou de ouvir o falatório no rádio da polícia e de sentir o estalar do banco de couro quando se mexia. Só não curtiu muito o cheiro esquisito que vinha do banco de trás — uma mistura de água sanitária e algo de odor azedo. Ele nem perguntou o que era.

— Sinto muito pelo carro do senhor ter sido roubado logo no primeiro dia — comentou o jovem policial, estacionando diante do prédio de Sergio. A plaquinha no uniforme dizia NEAL, que Sergio imaginava ser seu sobrenome. — Que fiasco.

Sergio desafivelou o cinto e se virou na direção do policial Neal. Notou que ele tinha raspado a cabeça havia pouco tempo; podia ver a pele pálida sob o cabelo castanho e a marca de sol no pescoço.

— O senhor acha que não vou conseguir recuperar o carro?

— Ele já deve estar em outro estado a esta altura — respondeu Neal. — Ou foi desmontado para venderem as peças.

A voz dele falhava de vez em quando, como um adolescente passando pela puberdade.

Sergio balançou a cabeça.

— Bom, pelo menos eu tenho seguro.

E levou a mão à maçaneta.

— Sim, mas vão te passar a perna. O senhor vai receber a indenização, mas não vai ser nem de longe o mesmo valor que pagou no carro. Tem os impostos, a documentação e tal.

Abrindo a porta, Sergio sorriu para Neal.

— Uau, que animador.

Neal riu.

— Foi mal. É difícil ser otimista nesse ramo.

Sergio ficou admirado; não parecia que o rapaz trabalhava na polícia por tempo o bastante para se tornar pessimista. Quais seriam os objetivos daquele sujeito? Será que ele tinha um grande sonho?

—Valeu pela carona — agradeceu ao sair da viatura.

Acenou enquanto Neal se afastava, e seguiu assoviando até a entrada do prédio. Não iria deixar aquilo o abalar. Era só um contratempo. Sua sorte havia mudado.

Ou talvez não.

Quando entrou no elevador e apertou o botão que levava ao quarto andar, a vizinha de cima acelerou o passo e o empurrou para fora do caminho. Sergio a fitou de cara feia, irritado, mas a mulher interpretou o olhar de outra forma.

— Está olhando o quê? — disparou Centopeia, apertando o botão do elevador.

Usando legging e top esportivo, ela parecia ter encarado a expressão de Sergio como um flerte. Ela de fato era bonita — esbelta, mas ainda curvilínea, com cabelo loiro e rosto delicado. Mas era alta demais para ele; tinha quase metro e oitenta, e ele não passava de um e setenta. Isso sem mencionar que a personalidade dela arruinava toda a sua beleza.

— Nada — respondeu Sergio, enquanto o elevador subia aos sacolejos. — Nada mesmo.

Centopeia não estava com um cheiro bom. Fedia a suor e a fumaça de cigarro. Ele se concentrou em respirar pela boca.

Ela bufou e o espiou de canto de olho.

— Acho bom você não me acordar de novo hoje à noite, hein?

Sergio a encarou, incrédulo.

— *Eu* acordar *você*?

Ela o fulminou com o olhar. Sergio só ignorou, e saiu quando o elevador se abriu no seu andar.

A pontinha do carpete bege barato que revestia os corredores do prédio estava descolando, bem na saída do elevador, o que fez ele tropeçar. Conseguiu se segurar, mas cambaleou alguns passos antes.

Ouviu Centopeia dizer "Otário!" conforme a porta se fechava às suas costas. Ele tensionou os ombros, avançando pelo corredor; ao chegar à porta, seu bom humor estava por um fio.

Assim que Sergio tirou as chaves do bolso, a sra. Bailey escancarou a porta do próprio apartamento.

— Acabei de fazer biscoitos de aveia com uvas-passas! — anunciou.

— Eu odeio uvas-passas! — berrou Sergio, se virando.

A vizinha, que estendia diante de si um prato coberto de plástico-filme cheio de biscoitos, recuou. Seu rosto se contorceu, como se alguém tivesse repuxado um fio nele.

O lábio dela começou a tremer.

— Por que nunca me falou isso?

— Eu estava sendo educado! — gritou Sergio. — Mas não estou a fim de ser educado agora. Na verdade, não estou a fim nem de *estar aqui*. Só me deixa em paz.

Os olhos da mulher marejaram. Ela assentiu e se retirou em silêncio para seu apartamento.

Sergio se sentiu um babaca, mas também ficou exultante. Dizer o que lhe dava na telha era muito libertador.

Depois de entrar em casa, seguiu sua rotina de sempre. Quando terminou, já de calça de moletom e camiseta, olhou para Garoto de Sorte, ainda acomodado sobre a mesa de cabeceira todo alegre e brilhante.

— E aí, o que faço agora? — perguntou Sergio.

— Para ser alguém na vida, todo mundo precisa ter uma casa — disse o brinquedo.

Sergio encarou o sorriso amplo de Garoto de Sorte e também escancarou o seu. Que ideia maravilhosa! Sua própria casa!

Por que não comprar uma casa? Tinha dinheiro de sobra para dar a entrada num financiamento. Falou isso para Garoto de Sorte, e o elogiou dizendo que ele era brilhante.

Mas o brinquedo ainda tinha mais cartas na manga.

— À vista é melhor! — exclamou Garoto de Sorte. — Por que não transforma algo ruim em bom?

— Isso é ainda mais inteligente!

Aquela tinha sido a melhor ideia do brinquedo até então. Sergio podia comprar um apartamento à vista, demolir tudo por dentro e reformar o imóvel por completo. Poderia usar as habilidades que havia aperfeiçoado na empresa para criar uma verdadeira obra de arte arquitetônica.

—Você é tão esperto... — falou Sergio, dando um tapinha numa das bochechas rosadas do brinquedo.

Garoto de Sorte soltou uma risadinha.

Sergio foi até o telefone. Precisava ligar para alguma imobiliária.

— Para ir longe, é preciso estar motorizado — lembrou Garoto de Sorte.

O arquiteto se deteve. Olhou para o brinquedo e riu.

— Nossa, ainda bem que tem alguém aqui pensando. Esqueci que estou sem carro. — Franziu a testa. — Qual eu compro dessa vez? Um igual?

— Quanto maior, melhor — respondeu Garoto de Sorte.

Sergio deu um soquinho no ar.

— Perfeito! Você está certíssimo. Vou comprar uma picape maior!

Depois se virou para o telefone.

—Vai ser minha primeira missão.

E assim fez.

Pela manhã, foi para o trabalho dirigindo sua nova picape preta com oito cilindros, cabine estendida, caçamba dupla e suspensão elevada. Sim, era sábado, e ele preferiria estar procurando imóveis para comprar, mas, como não tinha ido trabalhar na quinta-feira, precisava compensar o atraso. Mesmo se não tivesse faltado, teria que trabalhar no sábado, e agora no domingo também.

Quando estacionou, decidiu que a picape parecia ainda mais impressionante do que o carro esportivo vermelho. Ver o monstro preto e cromado brilhando na vaga dele quase compensou o fato de ter que trabalhar no sábado pela terceira semana seguida.

Depois de travar as portas, deu um tapinha no capô. Tinha pedido que instalassem um sistema de alarme melhor na picape para ter certeza de que a encontraria ali no fim do expediente. Se alguém tentasse levar seu bebê, acabaria tendo um dia bem ruim.

O vendedor da concessionária tinha ficado feliz em vender o incremento na segurança, mas relutara em aceitar o pedido de erguer a suspensão. Sergio achou que o sujeito ficaria radiante com a grana extra. Em vez disso, porém, ele avisou:

— Uma caminhonete de suspensão elevada corre muito risco de tombar ou capotar. O senhor ficaria surpreso ao saber o quanto isso acontece.

Sergio agradeceu, mas disse que queria mesmo assim. E estava grato por ter levado aquilo adiante.

Entrou a passos largos no prédio, sentindo-se uns dez centímetros mais alto. E a sensação só aumentou quando chegou ao escritório e recebeu uma ligação da seguradora. Iriam pagar o valor completo do carro furtado, e os impostos e custos de licenciamento seriam reembolsados porque não tinham sido processados antes do incidente. O pessimismo do policial Neal não estava com nada! *Rá!* Sergio estava arrasando!

Ou talvez não.

Quando desligou, ergueu o olhar e viu Violet parada na porta do escritório. Como era sábado, ela estava com roupas casuais. Vestia uma calça jeans justa com boca de sino e uma blusa amarela translúcida com babados. Ela batia o pé, fazendo a franja se agitar.

— Sabia que ia encontrar você aqui — disse.

— Ah, oi, Violet.

— Nem vem com "Oi, Violet" para cima de mim.

Sergio franziu a testa. Precisava mesmo voltar ao trabalho.

— O quê?

— O quê?

Ela descruzou os braços e marchou até a escrivaninha. Depois tornou a cruzar os braços e o encarou.

— Você já comprou meu presente?

Sergio apertou os lábios. Opa. Na verdade, não tinha nem pensado naquilo.

— Andei muito ocupado — respondeu, apenas.

Violet bufou.

— É essa a sua desculpa? Com aquela picape ridícula estacionada lá fora? Ninguém compra uma monstruosidade dessas de uma hora para a outra. Ou seja, você arranjou tempo para ir até a concessionária, mas não para passar numa joalheria e me comprar alguma coisa?

— Foi mal, Violet. Não sei o que dizer. Só me deixei levar pela empolgação.

— Só se importa com o próprio nariz, isso sim!

— É tão errado assim?

— O quê? Ser egoísta? Sim, é bem errado.

Sergio a encarou.

— Se é egoísmo só se importar com o próprio nariz, você é a suja falando do mal-lavado, né?

— O quê? Que tipo de insulto é esse?

— Nunca ouviu essa expressão?

— Claro, mas... — começou, e ergueu as sobrancelhas. — Está me chamando de egoísta?

— Se a carapuça serviu...

— Ah, vai para o inferno com suas expressões idiotas.

Antes que Sergio pudesse responder, Violet saiu a passos largos do escritório. Por vários segundos, Sergio só a encarou. Depois, deu de ombros e voltou ao trabalho.

Ao fim de um dia muito longo, Sergio arrastou o corpo exausto até a impressionante picape nova. Estava frustrado: mesmo se voltasse no dia seguinte e trabalhasse até tarde da noite, ainda estaria com trabalho acumulado na segunda-feira. Naquele ritmo, nunca teria tempo de procurar um lugar para morar, muito menos de reformar o imóvel.

Sabia que mal parava em casa nos últimos tempos, então nem deveria se preocupar com a decoração, mas estava cansado de morar embaixo da Centopeia e de frente para a sra. Bailey. Além disso, merecia viver num espaço melhor do que aquele prédio minúsculo com seus carpetes baratos.

Mas como se mudar *e* trabalhar ao mesmo tempo? O dia não tinha tantas horas assim.

E o que iria fazer com Violet?

Quando trocou de roupa, Sergio repetiu a pergunta para Garoto de Sorte.

— Você merece ser feliz — respondeu o brinquedo.

— Concordo — falou Sergio. — Mas... — Ele se sentou na beira da cama antes de terminar o pensamento. — Violet não me faz feliz.

Até o próprio Sergio ficou surpreso com aquilo.

— Eita.

Sergio pensou no último ano que havia passado com a garota. Será que *algum dia* ela o fizera feliz?

Não exatamente. Não para valer. Não, não mesmo.

Ter uma namorada o fazia se sentir bem. Ele não tivera nenhum relacionamento romântico na época do ensino médio ou da faculdade. Na escola, só se importara em cobiçar Sophia, que estava fora do seu alcance, e depois nunca tinha tempo para namorar. Havia saído com algumas mulheres desde então, mas Violet era sua primeira namorada. E era por isso que estavam juntos; não porque ela o fazia feliz, e sim porque aceitara continuar saindo com ele. Ter uma namorada o fazia se sentir impressionante.

— O que devo fazer com a Violet? — perguntou Sergio a Garoto de Sorte.

— Se algo está ruim, você precisa consertar ou jogar fora.

Aquele parecia um bom conselho.

Sergio queria mesmo consertar as coisas com Violet?

Não, não queria.

Certo, então a solução era simples. Ele se debruçou sobre a mesa de cabeceira e pegou o telefone. Ligou para Violet.

Quando ela atendeu, ficou nítido que estava dormindo.

— Oi... — sussurrou ela.

—Violet, eu...

— Que horas são, Sergio? Será que não podia ter me ligado em um horário melhor para pedir desculpas?

Sergio revirou os olhos.

— Não estou ligando para pedir desculpas. Estou ligando para terminar com você.

— O quê? Calma, eu ouvi errado ou você falou que quer...

—Terminar com você. Foi o que eu disse. Não quero continuar com o nosso relacionamento.

Violet ficou em silêncio, mas ainda estava na linha. Ele podia ouvir sua respiração.

— Eu devia ter sacado quando não te comprei nada. Se eu te amasse e quisesse mesmo estar com você, comprar um presente teria sido algo natural. Mas eu...

— Vai se ferrar, Sergio — disparou Violet. — Eu mereço mais. Você é um cara esquisito, e eu sou muita areia para o seu caminhãozinho.

Violet bateu o telefone, e a linha ficou muda.

Sergio ficou ali sentado por um instante para ver se iria se sentir mal. Nada aconteceu.

Depois se virou para Garoto de Sorte.

— Ótimo conselho.

O brinquedo riu.

Certo, então o problema com a namorada estava resolvido. Mas e quanto ao seu serviço? Como seria feliz trabalhando tanto daquele jeito?

— O que devo fazer quanto ao meu emprego? — perguntou Sergio ao boneco.

—Tem coisas melhores por vir.

Ele se largou na cama. Uau. Aquela possibilidade nunca havia lhe ocorrido…

Ficou encarando Garoto de Sorte, e os imensos olhos azuis do boneco o encararam de volta. Por que Sergio não tinha pensado naquilo antes?

Por que ainda continuava naquela empresa?

Já fazia um tempo que não estava feliz. No entanto, em vez de procurar algo diferente, tinha entrado no processo seletivo para o cargo de gerente de projetos. Aquilo, sim, era pensar dentro da caixa.

Ele precisava sair da caixa. Sair *correndo*.

De repente, se levantou e começou a andar de um lado para o outro. Uma ideia brotava em sua mente. E se…

Ele se virou e olhou para Garoto de Sorte.

— O que acha de eu abrir meu próprio negócio?

—Você merece ser seu próprio chefe — respondeu. — Seria impressionante!

Sergio sorriu. Sim, seria.

Ele pensou no pai.

Tony nunca dissera com todas as letras, mas vivia decepcionado com a carreira do filho. Sergio sentia isso toda vez que o pai fazia a pergunta idiota sobre arranha-céus.

— Este país é sustentado pelo empreendedorismo — dizia Tony. — Homens como eu mantêm a nação forte.

Se quisesse deixar o pai orgulhoso, Sergio precisava empreender. E sabia como fazer isso.

Mas, primeiro, precisaria pedir demissão.

O que fez na manhã seguinte.

— Você vai embora mesmo? — perguntou Clive, entrando no escritório de Sergio quinze minutos depois de ele ter pedido as contas para Dale.

— Que brincadeira é essa? — questionara o chefe, com a careca cada vez mais vermelha conforme berrava: — Você se candidata a uma vaga importantíssima, consegue a posição, faz uma zona nos projetos e depois se demite? Sabe que sua história aqui na empresa *acabou*, né?

Sergio havia assentido.

— Ah, sim. Era o que eu ia falar em seguida. Não estou me demitindo só do cargo novo, mas da empresa como um todo.

— Qual é seu problema?! — gritara Dale. — Você é nosso melhor arquiteto! Está jogando sua carreira no lixo.

Sergio dera de ombros.

— Se você quiser pensar assim, tudo bem. Vou abrir minha própria empresa.

Dale tinha soltado uma gargalhada.

— Ah, que beleza. Vai acabar morando debaixo da ponte rapidinho.

Sergio encolhera os ombros de novo.

— Não. Na verdade, vou ser um impressionante empreendedor de sucesso.

Dale tinha balançado a cabeça e saído furioso do escritório.

— Vou — falou Sergio para Clive, mais tarde. — Estou partindo de vez.

Clive se apoiou na parede e ficou observando Sergio guardar seus pertences numa caixa de papelão.

— O que vai fazer?

— Sair da caixa.

Clive soltou uma risada e apontou para os braços de Sergio, que estavam ambos *dentro* da caixa na escrivaninha. Sergio também sorriu.

—Você entendeu.

— Não muito, mas te desejo sorte.

—Ah, agora eu tenho isso de sobra. Tenho o Garoto de Sorte.

Ele riu, e se deu conta de que a risada soava estranhamente similar à risadinha do boneco.

Opa. Não devia ter dito aquilo.

Clive franziu a testa.

—Você é um garoto de sorte? Foi o que você disse?

Sergio hesitou e mentiu:

— Exato.

Clive estendeu a mão fechada, e Sergio o cumprimentou com um soquinho.

—Vê se não some, hein? — comentou Clive.

— Não vou sumir — respondeu Sergio.

Mas ele sumiu.

Havia coisas demais acontecendo ao mesmo tempo.

Antes de tudo, precisava encontrar o lugar ideal para comprar e depois reformar sua nova casa.

Achava que encontrar um apartamento antigo precisando de reparos seria fácil. A cidade estava cheia deles, e depois de anos trabalhando em reformas residenciais, conhecia dezenas de imobiliárias e corretores. Para quem devia ligar?

Estava sentado diante da mesa de jantar retrô, jantando comida chinesa direto da caixa de delivery enquanto ponderava sobre a busca pelo imóvel. Garoto de Sorte estava apoiado no tampo da mesa.

Ao pedir o jantar, ocorrera a Sergio que deixar o brinquedo no quarto era falta de educação. Afinal de contas, Garoto de Sorte tinha sido o catalisador de várias coisas incríveis na vida do rapaz, e isso em questão de dias. Lá estava Sergio, um homem com a vida feita, prestes a embarcar numa impressionante aventura empreendedora, e estava ignorando o garotinho que tornara tudo aquilo possível. Assim, havia levado o boneco com ele para jantar.

— Queria poder oferecer isso a você — confessou para Garoto de Sorte. — Mas acho que brinquedos não podem comer.

Depois abocanhou uma porção de frango apimentado. Mastigou e engoliu antes de perguntar em voz alta:

— Certo, qual corretor de imóveis eu escolho?

— Beleza é sempre bom — respondeu o brinquedo.

Sergio o encarou.

— Caramba, você não está sendo meio cupido demais, não? Acabei de terminar um namoro!

Garoto de Sorte riu.

— Está dizendo que eu devia arranjar uma namorada melhor? — questionou ele.

O boneco riu de novo.

— Certo — disse Sergio. — Uma pessoa bonita. Vamos ver.

E começou a pensar nas corretoras que conhecia.

Uma delas, Eve, era linda, mas ele tinha quase certeza de que também era casada.

— Beleza não serve de nada se ela for casada — comentou em voz alta.

—Você merece uma garota incrível que valorize você.

—Tem razão.

Violet nunca o valorizara. Já ia tarde. Havia alguém melhor por aí. Ele pensou por um minuto.

Estalou os dedos ao se lembrar de Claire Fredericks, uma corretora baixinha e de fala mansa. Tinham conversado uma vez sobre ficção científica, gênero de filmes que ela também curtia. Já era um bom começo, certo? E, até onde Sergio sabia, a moça era solteira.

Pegou o telefone e ligou para Claire para marcar um horário para visitar imóveis no dia seguinte.

O pai de Sergio ia adorar Claire, decidiu ele assim que se sentou à mesa de reunião com a corretora. Além de ser pequenina e esbelta, tinha cabelo bem escuro. Parecia italiana. Ele não sabia sua ascendência, mas era o que parecia. Seria o bastante para Tony.

E já podia ouvir sua mãe comentando coisas como "Ai, os bebês deles vão ser lindos". Ela sempre dizia aquilo quando tentava arranjar uma garota italiana para o filho.

— O que exatamente você tem em mente? — perguntou Claire, se virando para encarar Sergio.

Ele decidiu que ela não era o que a maioria das pessoas chamaria de "bonita". Tinha feições um tanto intensas demais para isso, mas era do tipo que chamava atenção. Os olhos imensos e aguçados, de um castanho bem escuro, faziam Sergio pensar em personagens de histórias em quadrinhos. O rosto de Claire era digno de uma super-heroína.

Perto assim, podia até sentir seu perfume, que era leve, mas marcante. Cheirava a uma mistura de frutas e flores, cítrico e adocicado ao mesmo tempo. Era gostoso. Precisou se forçar a pensar em imóveis para tirar Claire da cabeça.

— Há pouco tempo ganhei uma quantidade considerável de dinheiro — contou Sergio. — Quero usar uma parte não só para comprar uma casa, mas também para iniciar um empreendimento multimilionário de arquitetura e design. Por isso, procuro um lugar que precise de uma reforma completa. E estou pensando em algo industrial, talvez, com um grande potencial arquitetônico. Tem algo no antigo distrito de galpões, que recentemente virou residencial?

Claire assentiu várias vezes.

— Ai, que emoção. Vou adorar ajudar você a iniciar seu empreendimento multimilionário. E acho que o plano é excelente. A estética dos seus trabalhos é perfeita para esse tipo de construção.

— Não sabia que você conhecia a estética dos meus trabalhos — comentou Sergio, corando um pouco.

Claire sorriu.

— Eu presto mais atenção do que deixo transparecer.

Sergio retribuiu o sorriso. Tinha quase certeza de que ela estava flertando com ele.

A corretora pigarreou.

—Várias propriedades correspondem à sua descrição, mas tem uma específica que acho que seria perfeita. Quer ir visitar?

— Com certeza.

Então eles foram. E sim, era *mesmo* perfeita.

Era um antigo galpão independente quase nos limites da área que tinha sido remodelada como residencial. Ou seja, era o melhor dos dois mundos: combinava com os outros galpões reformados na região, mas também dava para uma área verde exuberante da próspera área residencial vizinha.

Com quinhentos e dez metros quadrados, a construção era ideal para os propósitos de Sergio: uma área de estar espaçosa com vários detalhes arquitetônicos marcantes e um escritório com ainda mais destaques estruturais. A fachada de tijolinhos estava em ótimas condições, e as colunas e paredes do interior pareciam firmes e seguras. Sim, era uma propriedade impressionante, e Sergio com certeza a merecia.

Mas o valor era mais alto do que ele tinha planejado gastar.

Fez alguns cálculos. Já tinha recebido o pagamento do seguro do carro e o reembolso dos impostos e taxas de licenciamento. A picape era mais barata do que o esportivo, então havia uma sobrinha. Se comprasse o imóvel, tinha quase certeza de que teria dinheiro apenas para fazer a reforma. Será que devia seguir em frente com o plano?

Claro que sim.

—Vamos fazer uma proposta — disse Sergio.

A corretora bateu palmas, depois botou a mão na massa para preparar a papelada.

— Vou apresentar a proposta agora mesmo. Espero que o proprietário aceite.

— Quer sair para jantar para celebrar quando fecharmos negócio? — soltou Sergio.

Claire o encarou por um instante. Depois ergueu um dos ombros num gesto fofo.

— Claro.

Sergio sorriu.

— Estou feliz por ter ligado para você.

Ela retribuiu o sorriso.

— Eu também.

Sergio voltou para casa e esperou notícias sobre a oferta. Lá, contou a novidade a Garoto de Sorte. O boneco riu.

Enquanto aguardava a ligação de Claire para saber se o negócio havia sido fechado, Sergio rascunhou algumas ideias. Já tinha planos para o térreo inteiro quando a corretora entrou em contato.

— Nós fechamos negócio! — exclamou ela assim que ele atendeu.

— Aí sim!

— Eu preciso resolver umas coisas por aqui, depois vou estar livre.

— Posso passar para te buscar? — perguntou Sergio.

— Claro.

Eles combinaram um horário, e Sergio desligou.

Olhou para Garoto de Sorte.

— Para onde levo Claire para jantar? — perguntou. — Quero impressionar.

— Você merece ir aonde quiser — disse o boneco. — Impressione a si mesmo.

Sergio riu.

— Tem razão. Seria bom *me* impressionar uma vez na vida. Hum, eu adoro aquele restaurante mexicano no centro, com a fonte no pátio. Vou levar a Claire lá.

Garoto de Sorte deu uma risadinha.

Após trabalhar em seu projeto por mais alguns minutos, Sergio foi se arrumar para o jantar. Colocou uma calça preta casual e uma camisa cinza de risca de giz preta. Pegou um casaco de couro escuro para completar, depois seguiu em direção à porta fazendo uma leve careta ao ouvir Centopeia começando a sapatear no apartamento de cima. Ao chegar à saída, seu olhar recaiu sobre Garoto de Sorte, ainda apoiado na mesa.

Sergio se sentiu mal por deixar o brinquedo sozinho em casa. Ele tinha dado ótimos conselhos, afinal. Será que merecia mesmo ficar ali largado como uma quinquilharia num apartamento vazio?

De jeito nenhum.

Por isso, pegou Garoto de Sorte e o colocou sob o braço antes de sair. Quando olhou para a porta fechada da sra. Bailey conforme seguia pelo corredor, ouviu a risadinha de Garoto de Sorte.

A vizinha não o incomodava desde o chilique a respeito das uvas-passas. Ele torcia para que sua mágoa — ou fosse lá o que a mantivesse trancada em casa — persistisse até ele se mudar do prédio.

Já na picape, colocou o brinquedo num dos suportes para copo do console. Quando o objeto afundou no buraco, Sergio pegou alguns lenços no porta-luvas, dobrou-os e fez uma espécie de assento elevado.

Garoto de Sorte riu.

— Melhor não fazer isso quando Claire estiver por perto — aconselhou Sergio, dando partida.

— O julgamento alheio é irrelevante — disse o boneco.

Sergio espiou seu novo amigo de canto de olho.

— É, tem razão. Beleza, então pode rir se quiser.

E o brinquedo riu.

Sergio saiu da garagem.

— Acha que eu devia levar algo para ela? Flores? Muito exagerado ou muito simples?

— Rosas para uma flor — falou Garoto de Sorte.

— Certo. Rosas, então.

O arquiteto parou numa floricultura e comprou uma dúzia de rosas cor-de-rosa. A julgar pelos olhos brilhantes e pelo sorrisão de Claire quando viu o buquê no painel, acertou na escolha.

Ela olhou das flores para Sergio.

— São para mim?

— Claro.

Claire estendeu a mão na direção das flores, depois franziu a testa.

— O que foi? Você é alérgica?

— Não, não. Eu só estava pensando que elas vão murchar quando a gente estiver jantando.

Sergio balançou a cabeça.

— Pedi para colocarem aqueles tubinhos de água na ponta de cada caule.

Claire o encarou e sorriu mais uma vez. Depois o abraçou.

—Você pensa em tudo!

Sergio aceitou o abraço e, sem que Claire percebesse, fez joinha para Garoto de Sorte.

Assim que ela afivelou o cinto, reparou no boneco e o pegou nas mãos.

— O que é isso?

Sergio ficou tenso, sentindo um estranho ciúme.

— É o Garoto de Sorte. Ele é… uma espécie de mascote.

Claire olhou para ele, confusa.

Sergio hesitou, então decidiu contar a história toda de uma vez. Antes, tinha a impressão de que seria errado falar sobre o brinquedo, mas àquela altura parecia desrespeitoso não mencionar sua existência. Omitir a verdade fazia Sergio sentir que estava recebendo todos os créditos pelas últimas mudanças na sua vida. Garoto de Sorte merecia reconhecimento.

Por isso, revelou tudo a Claire.

Ela ouviu com atenção, as sobrancelhas cada vez mais arqueadas conforme a história avançava. Quando Sergio terminou, Claire virou Garoto de Sorte de um lado para o outro.

— Como ele funciona?

Sergio deu de ombros.

— Você não fica curioso? — questionou ela. — Não tem vontade de abrir para descobrir?

Claire puxou os braços do boneco.

Sergio o arrancou da mão dela na mesma hora.

— Não!

As sobrancelhas dela se arquearam ainda mais.

— Foi mal — falou Sergio. — Acho que acabei ficando muito apegado a ele.

Claire alternou o olhar entre os dois.

— Entendi — respondeu.

Sergio não acreditou, mas não disse nada. Tinham acabado de chegar ao restaurante.

. . .

As semanas seguintes passaram num borrão. Enquanto Sergio esperava o negócio ser fechado, terminou as plantas arquitetônicas. Depois, enviou tudo para a prefeitura para conseguir o alvará e falou com prestadores de serviço. Estava procurando a equipe ideal para o projeto, e não demorou muito para encontrar. Após mais alguns dias, com o alvará em mãos, a reforma começou.

Por fim, também se mudou para o galpão.

Não planejava deixar o apartamento antes de concluir a obra, mas o contrato de aluguel terminou e ele precisaria pagar uma multa caso rescindisse o novo contrato antes do fim do ano. Aquilo não fazia sentido, então optou por ir embora de vez.

Chamou uma empresa de mudanças para encaixotar suas coisas e levar tudo para a propriedade nova. Adeus, Centopeia. Adeus, sra. Bailey.

Embora o galpão estivesse uma bagunça (cheio de pilhas de madeira de demolição, concreto e divisórias de gesso, além do labirinto de paredes demolidas até a estrutura, expondo canos e fiações), Sergio arrumou um canto para guardar seus pertences, deixar os móveis e montar a cama. Contava com eletricidade e um banheiro funcional, mas não tinha cozinha. Comprou um frigobar para guardar leite e ingredientes para sanduíches, mas concluiu que seria melhor pedir comida sempre que possível. Era quase um acampamento urbano.

Sergio se sentia uma criancinha embarcando numa nova aventura.

— O que você acha? — perguntou para Garoto de Sorte, colocando o brinquedo numa pilha de caixas perto da cama. Sergio fez um *moonwalk* com rodopio, sua marca registrada, e depois abriu os braços e os jogou para cima. — Este lugar não vai ficar ótimo?

—Você merece o melhor — falou.

— *Vai ser* o melhor quando eu terminar.

Garoto de Sorte riu.

Mais uma vez, Sergio se viu trabalhando até tarde, mas como agora era seu próprio chefe, já não se importava muito. Estava feliz em supervisionar a reforma... até não estar mais. E estava curtindo o relacionamento com Claire... até não estar mais.

O problema com o projeto era dinheiro. No fim, havia subestimado os custos. Não teria um orçamento tão polpudo quanto gostaria. E, como não podia fazer todas as suas vontades, não conseguiria criar um espaço impressionante. E, se não criasse um espaço impressionante, não poderia usar o imóvel como vitrine para atrair clientes.

— Onde posso arranjar mais dinheiro? — perguntou para Garoto de Sorte certo dia.

— Pessoas ricas têm muito dinheiro!

Sergio não sabia o que fazer com aquele comentário, mas achou que o brinquedo explicaria tudo em breve. Ele sempre dizia a Sergio o que fazer.

Àquela altura, levava Garoto de Sorte para onde quer que fosse. O brinquedo o ajudava o dia inteiro. Ajudava Sergio a escolher materiais, a tomar decisões a respeito do projeto de arquitetura, a gerenciar seu tempo. Auxiliava até na escolha da comida. Também o aconselhava em outras compras, como a dos eletrônicos para a casa nova e as roupas casuais que vinha adquirindo para substituir seu guarda-roupa mais formal. Quando Sergio disse que estava preocupado com dinheiro, o boneco falou:

—Você merece o melhor.

Tinha dito o mesmo em relação a Claire.

As coisas iam bem no início. Ela gostava dos lugares aos quais ele a levava e das flores e dos presentes que lhe comprava. Mas quando a grana apertou, ele precisou parar de dar presentes para a namorada e começou a sugerir que ficassem em casa e pedissem alguma coisa para comer. Aí, ela passou a mudar. Ah, sim, ainda era uma querida, mas ele tinha certeza de que podia ouvir um tom esquisito em tudo que ela dizia. "Claro, não ligo de fazer um piquenique no chão da sua casa" soava como "Você vai mesmo me fazer sentar no chão, seu pão-duro?". Não eram as palavras exatamente, mas a *entonação* delas.

E havia as tentativas de melhorar Sergio. Claire se esforçava para ser sutil. Não dizia que não gostava das camisas dele, por exemplo, só lhe presenteava com camisas novas. Não dizia que detestava seu gosto musical, só comprava CDs novos. Estava começando a ficar irritante.

Isso sem contar as sugestões "prestativas".

— Bom, sempre tem como colocar calço nos sapatos, querido — dissera ela certo dia, depois de ele reclamar sobre querer ser mais alto.

Por que não podia apenas consolá-lo e dizer "Deixa de ser bobo, sua altura é ótima!" ou algo do tipo?

Ele estava farto daquilo.

Sergio perguntou a Garoto de Sorte o que fazer com Claire.

—Você merece a garota dos seus sonhos! — respondeu.

Sergio concordava. Precisava parar de perder tempo com as mulheres erradas. Havia apenas uma garota certa para ele, e era Sophia. Não tinha ficado com ela no ensino médio, mas as coisas haviam mudado. Sergio não só merecia estar com ela como *ela* também seria uma sortuda se ficassem juntos!

Teria que terminar com Claire.

Infelizmente, tinham combinado um jantar para apresentá-la aos seus pais. A mãe o incomodara por um tempão; na semana anterior, tinha ligado só para dizer que ele recebera mais um convite para a reunião de dez anos de formatura do ensino médio. Já que estava com o filho ao telefone, porém, acrescentou:

— Quando você vai me apresentar para a Claire, hein? Você está sempre me enrolando, Sergio. Não é legal enganar a mãe assim. Três semanas atrás, você disse "Semana que vem". Duas semanas atrás, disse "Semana que vem". Uma semana atrás...

— Já entendi, mãe.

— E aí?

— Que tal esta semana? — sugeriu ele.

— Perfeito — respondeu a mãe. — Vocês podem vir no sábado.

Logo se arrependeu de ter aceitado o convite.

— Melhor cancelar o jantar? — perguntou a Garoto de Sorte.

— Seu pai é rico! — exclamou o boneco. — Vá jantar. Peça um empréstimo.

Sergio nunca tinha pedido dinheiro ao pai, mas Garoto de Sorte tinha razão. Tony era rico. Por que não tentar conseguir um empréstimo durante o jantar?

Precisava deixar o término com Claire para depois daquilo.

Como Sergio já imaginava, seus pais gostaram de Claire logo de cara. A mãe mimou tanto a moça que precisou dizer:

— Ela não é da realeza, mãe.

— Bom, só estou sendo simpática.

A mãe ajeitou o cabelo preto que começava a ficar grisalho, preso num coque elaborado. Em seguida, alisou o vestido de festa cor de esmeralda. Ela adorava se embonecar.

Claire ergueu o queixo.

—Você não sabia que todas as mulheres querem ser tratadas como rainhas, Sergio? — comentou ela.

— Entendi — respondeu ele. — Então vou deixar as vossas altezas aqui. Preciso falar com meu pai.

Tony havia recebido Sergio e Claire, mas depois se retirara para o escritório. Ainda precisava trabalhar, mas deixou que o filho entrasse quando bateu à porta.

Sergio adentrou os domínios do pai. Como sempre, parou e admirou o espaço, impressionado. Tony adorava detalhes arquitetônicos históricos, e havia projetado um escritório com tanta madeira entalhada e adornos filigranados que parecia um cômodo saído do século XVI. Era imenso, com dois andares e mais de noventa metros quadrados. Repleto de estantes lotadas de livros, o espaço tinha uma escada portátil para alcançar as prateleiras mais altas e uma escadaria em espiral que levava ao mezanino.

— Claire é uma garota de ouro — comentou Tony antes de apontar o sofá de couro marrom diante da lareira.

— Hum — respondeu Sergio.

Tony se sentou na poltrona.

— Mas você não está aqui para falar sobre a garota. Em que está pensando, filho?

— Preciso de um empréstimo — falou Sergio, decidido a ir direto ao ponto.

—Achei que você tinha ganhado um dinheirão na loteria.

— Já gastei quase tudo.

Tony arqueou as sobrancelhas grisalhas e desgrenhadas.

— O senhor sempre disse que é preciso gastar dinheiro para fazer dinheiro, pai — continuou. — E é o que estou fazendo. Tenho que fazer uma reforma exuberante, algo digno de aparecer em revistas de arquitetura e decoração. Algo que até os jornais cobririam. Preciso criar uma comoção. É isso que vai atrair clientes. Se o senhor puder me emprestar só uns duzentos mil, vou poder criar o que quero, e depois meu negócio vai deslanchar. Não precisa se preocupar, vou devolver tudo num piscar de olhos.

Tony correu a mão pelo cabelo branco e cacheado. Alisou o bigode, depois deu batidinhas na lateral do nariz adunco, que infelizmente havia passado para Sergio.

— Tudo bem — concordou o homem. — Vou emprestar o dinheiro. Mas vou dar um prazo curto para o pagamento. Se não me devolver o dinheiro em seis meses, você vai me pagar com serviços.

Sergio, que tinha começado a sorrir, fechou a cara.

— Como assim?

— Você vai trabalhar como motorista de caminhão da minha transportadora.

Sergio encarou o pai, depois deu de ombros. Por que não concordar? Ele pagaria o empréstimo antes do prazo.

Ainda assim, a proposta o preocupava.

Durante o jantar, as preocupações se transformaram em pura irritação.

A comida foi servida ao ar livre, em mesas de ferro e vidro no pátio do jardim dos fundos. Teria sido uma refeição agradável se Claire não tivesse ficado o tempo todo o provocando.

— Quer um pouco de couve-de-bruxelas grelhada? — questionou ela em certo momento. — Está uma delícia.

A mãe de Sergio achou a pergunta engraçada.

— Ele não gosta nadinha disso, Claire querida. É igualzinho ao pai: não sabe apreciar legumes gostosos.

Tony nem deu bola para o comentário, ao contrário de Sergio. Aquilo o incomodou. Quem Claire achava que era para sair dizendo do que ele deveria ou não gostar?

No carro a caminho de casa, Sergio resolveu a questão de uma vez por todas.

Claire tagarelava sobre como a casa dos pais dele era incrível.

— Já pensou em trabalhar num projeto para uma mansão como essa? — indagou ela.

Sergio nem se deu ao trabalho de responder. Simplesmente disse:

— Quero terminar.

Claire o encarou.

— Como assim?

— É isso mesmo. Não quero mais namorar. Você vive procurando defeito em mim. Não gosto disso.

— Procurando defeito em você? De onde tirou isso?

— As camisas. Os CDs.

— O quê? Dar presentes agora é caçar defeito?

— Você falou que eu deveria usar calços nos sapatos.

— Porque você falou que se incomodava com sua altura, só tentei ajudar!

— E não curte meu gosto por legumes.

— Eu só estava dizendo que eles estavam gostosos!

— Não sei por que continua saindo comigo se acha que tenho tantos defeitos — reclamou Sergio.

Claire cruzou os braços e o fulminou com o olhar.

—Você está sendo ridículo!

— Ah, é? Viu, agora me chamou de ridículo.

A mulher suspirou.

—Você pirou, só pode ser.

Do seu lugar cativo no console do carro, Garoto de Sorte soltou uma risadinha.

Claire pegou o brinquedo e o chacoalhou diante do rosto de Sergio.

— E você ainda brinca de boneca.

Sergio tentou pegá-lo.

— Larga isso!

Ele se virou para olhar para Claire, e a picape sacolejou.

Claire manteve o brinquedo longe do alcance dele.

— Você começou a tratar esta porcaria como se fosse um guru, e eu ia deixar quieto. Mas sério, Sergio, é uma quinquilharia, um boneco, um brinquedinho. Não é um amuleto, te guiando pela vida. Se acha que é, você não passa de um esquisitão.

Claire apertou o botão para abrir o vidro.

—Você precisa se livrar dessa coisa — declarou.

E ergueu o braço para jogar Garoto de Sorte para fora do veículo.

Sergio tentou evitar e, no processo, virou o volante.

Estavam entrando numa curva, e a picape de suspensão elevada não aguentou a virada brusca. Tombou, saiu da estrada e foi com tudo na direção de uma encosta rochosa. De repente, estavam de cabeça para baixo. E de novo virados para cima.

Depois para baixo. Cada virada do carro era acompanhada pelo rangido de metal contra pedra. Cada sacolejo os jogava de um lado para o outro, presos apenas pelo cinto de segurança.

Por sorte, Sergio conseguiu pegar Garoto de Sorte da mão de Claire enquanto o veículo capotava, então o brinquedo não foi danificado. A picape parou na posição certa, mas o teto estava todo afundado.

Claire berrou no instante em que a caminhonete parou de capotar. Apressado, Sergio soltou o cinto de segurança. Queria sair de perto dos gritos histéricos de Claire. Chutou a porta amassada e cambaleou para fora.

Ao se virar para ajudar Claire, outro veículo encostou.

—Vocês estão bem? — perguntou um senhor, preocupado.

Sergio analisou a própria situação. Tinha sido chacoalhado de um lado para o outro. A sensação era a de ter dado um mal jeito em alguns músculos, e sem dúvida ficaria com hematomas, mas não havia fraturado nada. Olhou para Claire. Também parecia livre de fraturas. Não havia sangue. A moça parecia mais irritada do que machucada.

— Estamos bem! — respondeu ele.

— Fale por você — disparou Claire. — Vou te fazer pagar por isso, Sergio.

—Vou buscar ajuda — gritou o outro sujeito.

—Valeu! — agradeceu Sergio.

A picape já era. Depois de rebocada, descobriu que precisaria gastar milhares de dólares na lanternagem, e ficaria sem o veículo por algumas semanas.

E assim, num piscar de olhos, estava sem carro de novo. E sem namorada. Muito em breve, também teria que enfrentar um processo. Claire o processaria por ferimentos causados por negligência.

Como Sergio não arrumou fornecedores para os acabamentos da obra, o ritmo do trabalho diminuiu. E a cereja do bolo: seu empreiteiro tinha uma quedinha por Claire, e rescindiu o contrato logo após o acidente.

— Não posso em sã consciência trabalhar para um homem que machuca mulheres — dissera o prestador de serviço, indignado.

A situação havia atrasado o projeto por um mês inteiro, mas Sergio não estava preocupado. Tudo iria se ajeitar.

Além disso, não era importante. Ele tinha algo muito mais empolgante em que pensar.

Depois do término com Claire, havia ligado para a mãe com a intenção de lhe pedir para arranjar o número de Sophia. Antes mesmo que pudesse falar, porém, a mãe informou que outro convite para a confraternização da turma do ensino médio havia chegado.

Isso sim era sorte! Seria ainda melhor do que ligar: ele encontraria Sophia na reunião e a impressionaria — não só ela, mas toda a turma!

— Ei, mãe — disse Sergio. — A senhora conhece a mãe da Sophia Manchester, não?

— Sophia, aquela mocinha linda da sua sala? Sim, nós somos amigas.

— Consegue descobrir se ela vai no reencontro da turma?

A mãe soltou um gritinho empolgado.

— Ah, meu Serginho é tão inteligente... Claro que sim. A Claire era boazinha, mas Sophia combina muito mais com você.

— Concordo, mãe.

Feliz por ter a garota perfeita de novo ao alcance, Sergio voltou a atenção às reformas. Não demorou para que a mãe retornasse a ligação, borbulhando de entusiasmo.

— Filho, ela vai com certeza! — berrou ela ao telefone. — A Sophia vai estar no reencontro da turma!

Sergio desligou, sorrindo de orelha a orelha. Não só teria o tempo necessário para tirar o atraso da obra como também conquistaria a garota dos seus sonhos.

As duas semanas e meia seguintes passaram num borrão. Sergio não avançou tanto na obra quanto queria, mas não estava preocupado. Enfim foi buscar a caminhonete na oficina, então tudo fluiu com mais rapidez dali em diante.

— Você tem todo o tempo do mundo — falou Garoto de Sorte.

No entanto, o evento da turma estava cada vez mais próximo.

— Como devo me preparar para o reencontro? — perguntou ele ao brinquedo depois de comer um hambúrguer. — Tenho as roupas certas, mas acho que devia ir além. Qual sua opinião?

Sergio ainda estava vivendo apenas na própria cama. Os outros móveis estavam empilhados e cobertos de plástico para evitar respingos de tinta e poeira da obra.

Ele se reclinou no travesseiro e olhou para seu companheiro, que agora ficava num travesseiro próprio do outro lado da cama.

— Seja o melhor para conseguir o melhor — disse Garoto de Sorte.

Bem, Sergio era o melhor arquiteto, e teria a melhor empresa de arquitetura.

— Mas e quanto à minha aparência? — indagou. — Sei que sou inteligente, mas isso nunca contou muito no ensino médio. Quando eu for ao reencontro, todo mundo vai olhar para mim e ver o mesmo Sergio de antes, só que dez anos mais velho. Quero voltar diferente! E tenho que admitir: minha aparência não é das melhores. Minhas orelhas, por exemplo, são grandes demais. O que eu faço?

—Você não precisa delas — falou Garoto de Sorte.

— Como assim? Como não preciso das orelhas?

Sergio estava confuso.

—Você fica melhor sem elas!

— Acha mesmo? De verdade? — questionou o rapaz.

— Jogue fora o que não presta.

Sergio assentiu.

— Faz sentido.

E de repente se imaginou sem as orelhas de abano no reencontro da turma. Seria ótimo!

Mas esse não era o único problema.

— Ainda não vou ficar com a aparência ideal, mesmo sem minhas orelhas. Queria aparecer perfeito no reencontro.

—Você merece perfeição! — afirmou o boneco.

— Exatamente! Tem razão. Eu mereço.

Sergio se inclinou sobre a caixa que usava como mesa de cabeceira. Pegou um bloco de papel e uma caneta.

— Certo, Garoto de Sorte, preciso da sua ajuda. Vamos pensar no que posso fazer para ir ao reencontro na minha melhor versão. Vou preparar uma lista com tudo que preciso resolver até lá.

— Montar um plano para a perfeição!

Sergio sorriu.

— É isso mesmo que vou fazer!

Batucou a caneta no papel.

—Tudo bem, além das minhas orelhas, odeio meu cabelo — comentou, anotando tudo.

— Cabelo é superestimado — falou Garoto de Sorte.

O boneco tinha razão. Cabelo dava muito trabalho. Dale raspava a cabeça, e as mulheres o achavam atraente.

Enquanto escrevia, Sergio franziu a sobrancelha. Logo se lembrou dos comentários de Dale sobre como era trabalhoso manter a cabeça raspada — mais até do que arrumar o cabelo. Passar a máquina não ia adiantar. O cabelo dele cresceria de volta se não tomasse uma medida drástica. Então, riscou a anotação anterior e escreveu outra.

Pensou por alguns segundos.

— Meus olhos são muito pequenos. Pareço um passarinho, que está sempre suspeitando de alguma coisa. O que eu faço?

— Pálpebras cobrem os olhos.

— Boa — elogiou Sergio, e anotou outra coisa. — Meu nariz é grande demais.

— Cortar para se adequar. Essa é a regra — falou o boneco.

Sergio assentiu. *Claro!* Quando um pedaço de madeira era grande demais, bastava cortar a ponta. Ele escreveu no bloco de anotações.

— Meus lábios são muito grossos — comentou. — Dão um ar feminino para meu rosto.

— Escultores de madeira são artistas — respondeu Garoto de Sorte.

— Mandou bem de novo — replicou Sergio. Por que nunca tinha pensado naquilo? Ele próprio era mestre em dar novas formas à madeira; tinha certeza de que poderia remodelar qualquer coisa. Fez outra anotação, depois acrescentou: — Quero ser mais alto.

— Remover e reutilizar — entoou Garoto de Sorte.

Sergio sorriu. *Isso!* Era comum pegar sobras de materiais de uma parte de um projeto e reutilizá-las em outro. Fez outra anotação.

Refletiu mais um pouco.

— E minha barriga? O que faço com ela?

— Quanto mais magro, melhor — falou Garoto de Sorte. — Corta a gordura.

Sergio assentiu e acrescentou mais um item à lista.

Em seguida, sorriu calidamente para o brinquedo.

— Você me ajuda demais. Fico feliz de ter encontrado você.

Garoto de Sorte riu.

Sergio se sentou e anotou mais coisas, depois ficou de pé.

— Certo. Hora de colocar a mão na massa.

Então foi até a pilha de caixas e remexeu tudo até encontrar a que queria. Arrancando a fita, estendeu a mão e pegou um conjunto de facas de cozinha, que pousou na cama. Deixou a primeira caixa de lado e examinou os arredores até encontrar a outra. Tirou a fita e pegou tesoura, agulhas e linhas, fita métrica e um pouco de barbante. Colocou tudo em cima do colchão.

Entrou na área improvisada como banheiro e pegou a lâmina de barbear. Acrescentou o item ao restante da pilha.

Depois, saiu da moradia provisória e foi até o grande espaço ainda inacabado.

— Devo ter tudo de que preciso por aqui.

E olhou ao redor.

Viu um estilete no que seria a bancada da cozinha e o pegou. Voltou a observar os arredores. Seu olhar recaiu sobre a furadeira. Ela poderia ser útil.

Onde havia guardado os instrumentos para entalhar madeira? Tinha um conjunto completo. Eram bem afiados, ótimos para contornos delicados.

Ah, ali estavam. Encontrou as ferramentas escondidas atrás da fresadora. Após ponderar por um instante, pegou o aparelho também, além do conjunto de acessórios.

Analisou o espaço de novo. Só faltava uma coisa.

Viu o que estava procurando na extremidade oposta do ambiente. Atravessou a área, pegou a serra de mão e voltou à cama.

Colocou tudo em cima do colchão e olhou para Garoto de Sorte.

— O que acha? Está tudo aqui?

— As ferramentas certas para o serviço certo!

Sergio sentiu uma pontada de empolgação. Aquilo seria incrível. Enfim, consertaria sua aparência e seria tão atraente quanto bem-sucedido.

Fez um *moonwalk* diante da cama. Girou nos calcanhares e olhou para os itens ali reunidos.

Por onde começar?

O reencontro da turma de Sergio aconteceu no salão do hotel mais antigo da cidade. Ele ficou animado, pois o espaço era impressionante. Com teto ornamentado em tons de dourado, painéis de madeira esculpida, lustres de cristal e obras de arte refinadas, era o cenário perfeito para estrear sua nova e impressionante aparência.

Sem dúvida deixaria todos de queixo caído. Decidiu chegar um pouco mais tarde, assim teria a maior audiência possível para sua entrada triunfal.

Feliz por ir às festividades na sua picape, majestosa Sergio dirigiu até o hotel cheio de expectativa e empolgação. Seria tão divertido!

Já no salão, quase todos os colegas de turma estavam curtindo a festa. Saudações aos berros, abraços calorosos e risadas carinhosas se misturavam aos sucessos do rock dos anos 1980 tocados pela banda espalhafatosa.

O ambiente já era chique, mas os organizadores da festa ainda o tinham enchido de serpentinas e pendurado uma enorme faixa que dizia BEM-VINDA, TURMA DE 1985 no alto da parede. Os convidados conversavam, faziam piadas e dançavam sob uma nuvem flutuante de balões de gás hélio.

Quando as portas do salão se abriram para permitir a entrada de mais um antigo colega, os presentes se voltaram para ver quem era. E, ao mesmo tempo, todos os olhos se arregalaram de horror.

A música foi interrompida com um acorde dissonante de guitarra e o soar reverberante de um prato de bateria. O burburinho cessou de imediato. O salão inteiro mergulhou no mais absoluto silêncio.

De repente, uma mulher gritou. E outra. E mais uma.

Outra desmaiou.

Alguém vomitou.

Várias pessoas cobriram a boca com as mãos. Outras se viraram para não ver aquilo. Alguns começaram a correr para os fundos do salão.

Sem entender o que tinha causado tamanho desconforto, Sergio olhou para trás para ver se tinha algo terrível se aproximando. Não encontrou nada. Havia um casal na extremidade do cômodo, mas seguiam para o outro lado. Um garçom emergia de outro espaço, mas também estava indo para a direção oposta. Não havia ninguém atrás dele.

Conforme virava as costas para os colegas, seu olhar pousou no chão.

Franziu a testa. Que sujeirada! O que tinha acontecido com aquele lugar?

Sergio não tinha prestado atenção no piso ao entrar, provavelmente porque estava ansioso para fazer sua entrada triunfal. De repente, porém, começou a reparar.

O carpete dourado estava manchado com um rastro espesso de sangue. Não, não só sangue. Pedaços brancos de miolos jaziam entre o líquido viscoso. Ele também pensou ter visto fragmentos de ossos, tufos de cabelo e bolotas do que parecia um tecido rosado e esponjoso espalhados ao longo do corredor. As bolotas brilhavam sob a luz dos lustres, e pareciam estar se mexendo. Era nojento.

Sergio ficou chocado. Aquele era para ser um hotel chique!

Alguém precisava dar um jeito naquela nojeira. No entanto, se ele saísse naquele momento para procurar um funcionário do hotel para limpar aquilo, sua chegada perderia o impacto. Os colegas estavam esperando por ele.

Sergio olhou para o corredor onde havia deixado Garoto de Sorte sentado numa cadeira para que pudesse assistir ao seu triunfo. O brinquedo concordaria que Sergio merecia ter os melhores faxineiros para arrumar aquela bagunça.

Garoto de Sorte soltou uma risada.

Sergio olhou para os próprios pés e notou ainda mais resíduos nojentos emporcalhando o carpete ao redor de seus sapatos novinhos. Ah, caramba! Parte da meleca tinha até grudado no couro preto. Ele se abaixou e deu um peteleco no que parecia ser um pedaço borrachento de cartilagem.

Balançou a cabeça. Poderia lidar com a situação do hotel mais tarde. Em seguida, se virou para os colegas de turma.

— Bom... — disse para si mesmo. — Cadê a Sophia?

O QUE ENCON-
TRAMOS

Desengonçado, Hudson se apoiou com seu um metro e oitenta e cinco de altura, contra o arco de tijolos rachados bem na porta da Atração de Terror Pavores de Fazbear. O arco estava ali havia apenas duas semanas, mas fora feito para parecer a entrada decrépita de um lugar esquecido por mais de três décadas.

O rapaz viu os amigos, Barry e Duane, chegarem com o último carregamento de artefatos da Fazbear que seriam expostos nos infinitos corredores e cômodos do interior do lugar. A entrada já estava entulhada de pilhas e mais pilhas de caixas de papelão, abertas e fechadas, todas cheias de artigos antigos de vários restaurantes da Freddy Fazbear.

Ele estava se esforçando para ficar longe das caixas — ou melhor, do *conteúdo* delas. A gerência chamava os objetos de "achados vintage"; Hudson, no entanto, vinha se referindo aos itens de outra forma nos últimos dias.

As caixas, a seu ver, estavam repletas de tralhas assustadoras. E, como se não bastasse, ainda lhe davam calafrios... porque ele não acreditava que eram só *tralhas*. Por mais que tentasse racionalizar, os itens arrepiavam os pelos de sua nuca até ficarem mais rígidos do que as agulhas que sua avó espetava nos bonecos de vodu.

— Que tal dar uma mãozinha aqui, Hudson? — pediu Barry.

Os amigos estavam fazendo força para manter uma pilha de caixas de pé, mas o rapaz não se moveu.

— Não faço parte da equipe de construção e montagem. Sou só o vigilante.

Duane cuspiu no chão de linóleo. A bolota nojenta de catarro caiu bem no meio de um dos quadrados pretos, que se alternava com os brancos para criar um padrão de tabuleiro de xadrez por toda a construção. O piso dava dor de cabeça em Hudson.

O lugar todo o fazia sentir dor de cabeça.

Como algo que tinha começado tão bem tinha desandado tanto?

— "Sou só o vigilante"... — repetiu Duane, fazendo uma voz fina. — Ouviu isso, Barry? Ele está se achando.

Hudson soltou uma risada pelo nariz.

— Ah, claro. Estou me achando por trabalhar em turno dobrado, dia *e* noite, enquanto vocês só aparecem aqui em horário comercial.

— Ai, que bebê chorão — debochou Duane. — Esse é seu melhor emprego em anos. Você mesmo disse que o salário é ótimo.

Hudson assentiu. Aquela parte era verdade, e no começo ele achava que a oportunidade representaria mais do que um ótimo salário. Desde então, porém... Tinha passado a ser só um serviço com horários péssimos, e ele estava sempre exausto.

—Verdade, mas dinheiro nenhum compensa essa privação de sono. Preciso ter algumas vantagens por ter ficado com a pior parte. Uma delas é continuar quietinho aqui enquanto vocês dois suam a camisa.

— Beleza, você que sabe — retrucou Duane.

Os dois enfim estabilizaram a pilha toda, exceto pela última caixa. Quando caiu, Barry a interceptou no meio do caminho, mas ela acabou se abrindo.

Um braço amarelo e peludo pulou para fora. Hudson se empertigou. Ah, como ele odiava aquelas peças soltas de personagens. Eram os piores itens dentre as tralhas assustadoras, sem dúvida.

Barry pousou a caixa no chão. Duane puxou o braço amarelo, depois estendeu a outra mão para pegar o segundo.

— Olha isso — disse, erguendo o objeto diante de si.

— O que é esse troço? — perguntou Barry.

— Parece um cupcake.

— Não é o tipo de cupcake que eu gostaria de comer — comentou Barry. — Olha esses dentes.

Duane começou a andar na direção de Hudson com as peças estendidas diante do corpo, fingindo ser um zumbi de braços amarelos e peludos. Foi soltando grunhidos guturais conforme cambaleava.

Hudson não se mexeu, fingindo estar entediado, mas a verdade era que ele queria gritar e sair correndo. Os braços sem corpo já eram terríveis, mas o cupcake inteiro era perturbador demais.

O vigilante sacou o cassetete do cinto. Gesticulou como se fosse desafiar o zumbi de Duane para um duelo de espadas. Achava que estava fazendo um bom trabalho ao agir brincalhão e tranquilo, e esperava que Duane não notasse a camada de suor na sua testa ou o cheiro pungente que começava a brotar das suas axilas.

Espera… Aquele cheiro era mesmo dele? Ou será que vinha do personagem?

— Chega — falou Barry. — Quantos anos vocês têm, hein?

—Vinte e três — respondeu Duane. — Igual a você. A velhice já afetou sua memória?

Em seguida riu e colocou os braços do cupcake de volta na caixa.

Barry e Duane foram até o caminhão para pegar mais caixas. Hudson avançou devagar pelo corredor até eles saírem de vista. Depois quase correu até a sala da segurança — a verdadeira. Lá, fechou e trancou a porta atrás de si.

Desabou na cadeira barata e bamba diante da série de monitores e se pôs a vigiar a construção, começando pela sala da segurança falsa da atração. A Pavores de Fazbear tinha sido construída como uma réplica expandida das unidades da Freddy Fazbear. Não era uma representação exata de nenhum dos restaurantes antigos. Na verdade, combinava aspectos de várias das infames pizzarias com toda sua história assassina. A sala da segurança era um desses aspectos — o lugar onde pobres vigilantes como Hudson acabaram ignorando a tragédia que se desenrolava diante de seus olhos tantos anos antes.

A sala da segurança falsa já tinha sido finalizada pela equipe de decoração. Deixaram o espaço com aspecto velho e decrépito, em grande parte graças a exemplares abandonados de equipamentos originais das antigas pizzarias. O ambiente ficou lotado de monitores trambolhudos, teclados empoeirados, gaveteiros de arquivo tortos e uma mesa arranhada. As superfícies disponíveis haviam sido cobertas de pilhas de papel, lixo amassado, copinhos descartáveis e um velho e retorcido ventilador que rangia ao ser ligado. Tinham até soltado alguns ratos no cômodo. Os bichos aparentavam ser mansos e já haviam escolhido um lugar favorito; quando não queriam "atuar", se escondiam na tubulação do sistema de ventilação que desembocava na parede. Mas quando corriam de um lado para o outro, Hudson sentia calafrios. Tinha certeza de que mais de uma garota berraria sem parar quando os animais aparecessem — ele próprio quase dera um chilique algumas vezes. Não era nada fã de ratos.

Por falar no sistema de ventilação, a passagem era uma das pequenas saídas de ar funcionais associadas ao aquecedor e ar-

-condicionado. Já mais para cima na parede, grades enormes deixavam aparente a imensa dimensão das tubulações atrás delas, com certeza grandes o bastante para acomodar uma pessoa de estatura média — ou algo não tão comum assim. Hudson, que era alto, porém magrelo, poderia facilmente fazer um piquenique numa daquelas tubulações se quisesse, mas não queria. *Para que tubulações tão grandes?* O rapaz já tinha feito aquela pergunta, mas não recebera resposta. Aquilo o perturbava. Na sua opinião, as saídas do sistema de ventilação não eram destinadas a algo bom.

De repente notou movimento nos monitores, e se reclinou na cadeira. Barry e Duane chegaram com outra carga de caixas. Ambos estavam rindo, e por que não estariam? Tinham a vida ganha. Ao contrário de Hudson, eram atraentes, respeitados na cidade e estavam prestes a ir para a Marinha para treinar para a SEAL, a força de operações especiais.

Quando crianças, Hudson, Barry e Duane eram os Três Mosqueteiros, prontos para dominar o mundo, invencíveis e imparáveis. Hudson se lembrava das lutinhas ferozes que travavam no quintal. Imitavam cenas de seus filmes de ação preferidos, sem uma mísera preocupação no mundo.

Mas isso foi antes de o pai de Hudson morrer e sua mãe se casar com Lewis, um sujeito careca ridículo que usava colete xadrez e fumava cachimbo como se estivesse atuando a cada tragada. O rapaz não suportava mais o cheiro de cereja porque o padrasto fumava um tabaco com aroma da fruta.

Aquele sujeito horrível que a mãe decidira tornar seu esposo tinha infernizado os dez anos seguintes da vida do garoto. O dia em que sua mãe maluca dissera "sim" no altar fora o dia em que a vida tinha começado a dizer "não" para Hudson. Também tinha sido naquele dia que seu caminho e o dos melhores amigos começara a divergir.

Eles ainda eram amigos, claro. Ainda fingiam estar lutando com espadas. Ainda saíam juntos. Todo o resto, porém, havia mudado. Barry e Duane eram bons alunos, então seus pais se orgulhavam deles; iam bem nos esportes, então eram populares com os outros adolescentes. Estavam em pura ascensão, mas Hudson tinha começado a ir mal nas provas, resultado de passar noites em claro com medo de que o padrasto invadisse seu quarto na calada da noite e o agredisse só por diversão. Dolorido por conta dos espancamentos diários, e desnutrido porque a mãe tinha passado a tomar remédios para suportar o dia e por isso se esquecia de coisas mundanas como comprar comida, era impossível para Hudson entrar num time de beisebol ou futebol americano mesmo que sua vida dependesse disso.

Apesar de o cabelo ruivo e as sardas terem sido considerados traços esquisitos na infância, Barry tinha se transformado numa novidade para as líderes de torcida e fãs dos times do ensino médio. Duane, que usava camisas pretas coladas para exibir os músculos e o cabelo preto comprido num rabo de cavalo, era um ímã para garotas. Embora ainda tentassem incluir Hudson, não havia lugar para ele no mundo, não de verdade.

E assim a vida seguiu, ano após ano, até a noite do incêndio.

E depois, quando estava certo de que seus problemas haviam chegado ao fim e as coisas se resolveriam, tudo tinha ido de mal a pior. Ver algo similar se repetir ali, no emprego novo... não era justo.

Alguém esmurrou a porta, fazendo Hudson despertar de seu passeio patético por suas memórias infernais. Ele se ajeitou na cadeira.

— Oi? — gritou.

— A gente vai encerrar o expediente daqui a uns quinze minutos, depois vamos lá na Charlie's tomar sorvete — falou Barry. — Quer vir?

Hudson conferiu o velho relógio desgastado. Era uma boa ideia. Tinha seis horas de descanso entre os turnos, então poderia ir tomar sorvete, voltar para casa, esquentar uma sopa enlatada e tentar dormir algumas horas. Que vida maravilhosa.

— Quero, sim — respondeu.

— Então encontra a gente lá na frente.

— Beleza.

Hudson suspirou e ficou de pé. Tinha que fazer uma última ronda antes de passar as chaves para Virgil, o senhor que cobria suas folgas. Desconfiava que o sujeito não fazia nada além de dormir enquanto estava lá, mas isso não era responsabilidade de Hudson. O rapaz só queria fazer um bom trabalho no próprio turno para garantir o salário. Não era como se tivesse muitas opções de emprego disponíveis.

O pensamento o fez cerrar os dentes.

—Valeu, Lewis — murmurou, saindo do escritório.

No corredor, respirou fundo e mentalizou o que precisava fazer.

Não é tão complicado assim, pensou. *Não é como se você fosse entrar em território inimigo, lutar contra demônios assassinos ou ir até o inferno. É só uma caminhada por um lugar cheio de tralhas assustadoras.*

Quando os calafrios começaram a se espalhar pelos braços, ele percebeu que a tentativa de se encorajar havia fracassado mais uma vez. Nem todos os reforços do mundo amenizaram seu medo irracional e recém-adquirido daquele lugar.

Pousou a mão no cassetete e assoviou ao sair da sala da segurança. Fez questão de se posicionar bem no meio do corredor conforme seguia na direção da parte de que menos gostava na construção, pois as paredes já estavam "decoradas".

Embora a Pavores de Fazbear ficasse num prédio novo, o interior tinha sido decorado para parecer um lugar abandonado. Já escuros e penumbrosos pela escassez de janelas (as existentes eram bem pequenas, no alto das paredes), os cômodos e corredores tinham aparência antiga graças a diversas técnicas esquisitas usadas pelos pintores para criar superfícies que parecessem sujas, mofadas e cobertas de teias de aranha. Como se já não bastasse, os arquitetos tinham começado a cobrir as paredes manchadas com peças velhas, degradadas e carcomidas que antes compunham personagens da Fazbear. Penduradas em redes ou cordões, às vezes pregadas ou empaladas nas paredes por facas, havia inúmeras partes de trajes e animatrônicos com fios e articulações. As atrações principais eram as cabeças inteiras das fantasias de três personagens: Freddy, Foxy e Chica. Ocupavam posições de destaque no corredor, mas intercaladas a elas havia uma variedade de membros de personagens: orelhas de coelho, patas de urso, pés de galinha, focinhos de raposa, barrigas roxas e peludas, pernas marrons felpudas e emaranhadas... Aqueles eram só alguns dos itens do folclore da Fazbear que esperavam no corredor para sobressaltar — ou talvez agarrar — visitantes incautos.

Segundo as conversas que corriam pelos bastidores, os decoradores estavam trabalhando para animar várias das mãos. Ainda não tinham concluído o projeto, mas uma vez o braço de Hudson roçara numa mão roxa de coelho ao passar, e o susto o fizera dar um tapa na peça e a derrubar no chão antes de se dar conta de que estava lutando com um objeto inanimado. Por sorte, tinha conseguido recolocar a mão na parede, e pelo jeito ninguém havia notado que o braço estava mais desgastado do que antes.

Espalhados entre os membros de personagens, os desenhos infantis e as imagens de pizzas criavam a sensação de desorientação. A atmosfera era incrementada pelos grossos cabos elétricos pendurados em várias partes do teto. Pareciam cobras pretas decapitadas. Não estavam conectados à energia, claro. Ou assim acreditava Hudson, que não estava disposto a encostar em um para descobrir.

Ao chegar no fim do corredor, suspirou e endireitou a postura. Em seguida, entrou no cômodo que mais detestava no lugar inteiro: a sala de jantar. Ele sempre começava a ronda por ali, só para se livrar logo dela.

Na época da contratação, Hudson achava que aquele seria um ótimo emprego. Sim, o horário era uma droga, mas além de o pagamento ser bom, a posição traria a oportunidade de conhecer a adorável garota de cabelo escuro que fazia faculdade de artes e trabalhava em meio período na equipe de design. Faith — até o nome dela era fofo — era tão legal quanto bonita, além de nova na cidade. Ou seja, não conhecia a história de Hudson. E por isso não tinha odiado o rapaz à primeira vista. E ainda ria e brincava com ele enquanto andava de um lado para o outro enfiando pecinhas aleatórias de animatrônicos em velhos pratos, copos e chapéus de aniversário da Fazbear espalhados pelas mesas compridas cobertas com toalhas roxas rasgadas.

Enquanto ele ajudava Faith a carregar caixas por todo o lugar, ela lhe contara sobre a irmã caçula e seu cachorro, Ganso, um spaniel — um cão perdigueiro que tinha medo de gansos. Hudson ficava por perto quando a garota pintava as decorações por toda a construção e contava a ele sobre seu carro, Bettina, um MGB clássico que ela restaurava aos finais de semana.

— Você manja de mecânica? — perguntara ele, pensando que ela era a mulher perfeita.

— Se eu manjo de mecânica? — retrucara Faith, aos risos. — Eu poderia construir um motor do zero se você quisesse.

Hudson tinha sorrido para ela como um idiota.

Com isso, a garota rira ainda mais.

— Também gosto de esportes — continuara, dessa vez sorrindo para ele. — E também gosto de você. Então, por que ainda não me chamou para sair?

Depois de ter ficado mais vermelho do que o sangue falso que Faith espirrava nas paredes, Hudson a chamara para sair. Foram comer pizza. Era como se ele tivesse morrido e ido para o paraíso.

Bom demais para ser verdade, era claro.

Hudson não tinha esperado nem cinco horas para chamar Faith para um segundo encontro, mas foi tempo demais. Naquele curto intervalo, de alguma forma a garota tinha descoberto tudo sobre ele. Ao atender sua ligação, a primeira pergunta dela tinha sido:

— Foi você?

Todos os sentimentos bons que nutrira em relação a Faith haviam sido drenados do seu corpo como se alguém tivesse aberto uma válvula e esvaziado toda a alegria pelo dedão do pé. Hudson ficou enfurecido. Por que as pessoas sempre perguntavam a mesma coisa?

— O que você acha? — retrucara ele.

Faith tinha ficado em silêncio por alguns segundos:

— Acho que a gente devia manter o profissionalismo lá no trabalho — dissera ela, por fim.

Hudson nem se dera ao trabalho de responder.

Desde então, o serviço lhe dava nos nervos. Assim como a construção e tudo que havia nela.

Ali, parado na sala de jantar decorada por Faith, ele pensava nos sustos fantasmagóricos e nos lembretes macabros de crimes nunca de fato esquecidos. Quem era ela para julgar algo que ele poderia ou não ter feito?

Faith devia ter um parafuso a menos. Só alguém assim teria a ideia de criar uma porta se abrindo com uma mão estendida para raptar um menino e o puxar para fora de vista.

Hudson analisou a atração da sala de jantar, depois correu os olhos pelas decorações sobre a mesa e os membros de animatrônicos dispostos em posições bizarras sobre as cadeiras. Observou as estátuas no palco, criadas aos moldes dos animatrônicos originais que se apresentavam, cantavam e entretinham nos restaurantes da rede Freddy Fazbear. As esculturas, ao contrário das inspirações, não se moviam sozinhas.

Então por que Hudson sempre tinha a impressão de estar sendo observado?

Ele saiu da sala de jantar e passou por um arco que levava ao fliperama, embora "fliperama" não fosse a melhor definição. Parecia mais com as ruínas de um fliperama. Na opinião dele, a equipe tinha exumado as máquinas mais antigas, sujas e carcomidas em lixões e as levado até ali. No dia anterior, chegara a ver um verme saindo de uma das máquinas de pinball.

Além do cemitério de jogos, uma pilha de prêmios apodrecidos cascateava do cômodo adjacente. Alguns estavam envoltos em embrulhos mórbidos (com direito a manchas de sangue e imagens de ossos misturadas a olhos e dentes de personagens). Outros, parecendo tão decrépitos quanto os jogos em si, estavam largados sobre um balcão quebrado e empoeirado, ou então empilhados de qualquer jeito no chão. Os tais "prêmios" já não podiam ser chamados assim. Estavam mais para castigos. Talvez, depois da inauguração, Hudson fosse autorizado a entregar alguns daqueles itens a crianças que não se comportassem.

Ele sorriu ao ver uma boneca sem cabeça. Adoraria poder entregar aqueles terríveis "presentes" para crianças. Quase todas eram malvadas com ele. Talvez assim pudesse se vingar um pouco.

Dando risadinhas, Hudson virou as costas para aqueles objetos e retomou sua última ronda de segurança do turno.

Avançou por um corredor longo e então percorreu outro; olhou por cima o estoque, o guarda-roupa e os armários de fantasias falsos; depois passou pela réplica da cozinha de uma pizzaria, com direito a fornos industriais tão grandes que ele caberia lá dentro, até enfim completar a ronda. Terminou perto da entrada. Lá, conferiu os banheiros, primeiro o masculino e depois o feminino. Tentou evitar os espelhos do espaço ridiculamente vermelho-vibrante. Hudson não gostava de admirar o próprio reflexo.

Sua aparência não era o problema. Até se achava bem normal: cabelo loiro curto, barba clara por fazer havia três dias, olhos azuis, uma boca grande com dentes brancos e retos. Não eram feições a serem evitadas. Mas, para Hudson, aquilo evocava algo que nunca quis encarar: ele mesmo. Encarar a si próprio significava encarar o passado. E ele só era capaz de lidar com aquilo aos poucos.

Ao sair do banheiro feminino, Hudson parou perto da lojinha que venderia uma grande variedade de produtos da Fazbear. Tinha tudo relacionado à franquia. Os animatrônicos não estavam inteiros e funcionais, mas estampavam centenas de itens. Visitantes poderiam comprar pelúcias, bonecos, roupas e acessórios, como elásticos de cabelo de Chica e bonés de Freddy; havia ainda itens como lençóis e toalhas, quadros, artigos esportivos e cartões baseados nos antigos personagens.

A loja estava com três quartos do estoque já organizado, e Hudson sabia que o lugar deveria ser colorido e alegre, com as paredes listradas de vermelho e amarelo e pôsteres coloridos dos personagens da Fazbear. Mas achava que as fileiras e mais fileiras de olhinhos nas pelúcias e bonecos eram qualquer coisa *menos* alegres. Para ele, as centenas de pequenos personagens pareciam estar enfileirados para uma espécie de invasão. O vigilante não queria estar por perto quando acontecesse.

Sabia, com base na sua horrenda experiência pessoal, que brinquedos podiam ir de algo divertido a instrumentos de tortura num piscar de olhos. Mas, para isso era necessário que…

— Ah, achei você — falou Duane. — Vamos?

Hudson olhou para a porta de entrada da Pavores de Fazbear e avistou Virgil saindo do Ford sedã velho que tinha há mais de trinta anos. Assentiu.

— Vamos.

Mal podia esperar para sair dali, mesmo que fosse só por algumas horas.

Desde a infância, Hudson e os amigos iam à Charlie's, uma antiga sorveteria cheia de máquinas de refrigerante que ficava do outro lado da cidade. Já não tinham mais idade para frequentar o estabelecimento, mas às vezes combinavam de passar lá — não só pelo sorvete, mas também pela lembrança de uma época inocente que todos haviam deixado para trás. Bom, pelo menos Hudson e Barry; o rapaz não tinha muita certeza sobre Duane. E, em geral, a ideia de ir até ali era dele.

Hudson gostava da loja, mas não curtia nem um pouco ter que atravessar a cidade, pois aquilo significava ter que pegar carona com os amigos. E, depois, pegar carona de volta. Era uma droga não ter carro.

Era uma droga não ter vida.

Eles chegaram à sorveteria estreita, escura, revestida de painéis de madeira e cheia de banquinhos e cadeiras de couro vermelho. Hudson analisou o ambiente.

— Este lugar está começando a ficar parecido com a Pavores de Fazbear. Precisa de uma boa faxina.

Duane se sentou no banco diante de uma mesa de canto e esticou as pernas.

— E daí? Estar aqui não faz você se sentir criança outra vez?

Barry e Hudson se espremeram do outro lado da mesa, de frente para Duane. Barry soltou uma risadinha pelo nariz.

— Preciso de mais do que isso para voltar a me sentir criança. E você? Como assim "outra vez"? A gente está até hoje esperando você crescer.

Duane sorriu.

—Você diz isso como se fosse uma coisa ruim.

Havia só mais dois clientes na sorveteria — um casal de adolescentes dividindo uma taça de milk-shake. Não desgrudavam os olhos um do outro enquanto bebiam no canudinho.

Hudson os fitou, depois pousou o olhar na máquina de karaokê cromada na ponta oposta do espaço ladrilhado de preto e branco. Para o gosto dele, era parecida demais com a máquina da Pavores de Fazbear. Distraído, começou a pensar em sua versão mais jovem, tentando se lembrar da última vez em que se sentira de fato feliz.

Era esquisito. Visualizava em detalhes sua vida antes da chegada de Lewis, mas não sentia nada. Era como assistir à história de outra criança num cinema na própria mente.

Ele suspirou e respirou fundo. O cômodo cheirava a poeira e lustra-móveis. Só sentia um leve toque de aromas adocicados, como os de baunilha e cereja.

— Ei, camarada! — berrou Duane. —Três do que você tiver de melhor.

Os amigos não conheciam o rapaz atrás das máquinas de refrigerante. O sujeito era musculoso e tinha o cabelo cortado bem curtinho. Ele revirou os olhos para Duane, que riu.

— Ah, certo. Três sundaes de chocolate. Sem cereja.

Hudson se reclinou no banco e ficou ouvindo os dois conversarem sobre o dia sem prestar muita atenção, mais ocupado em observar o atendente preparando o sorvete.

Quando os sundaes chegaram, Duane e Barry começaram a discutir sobre quem pagaria a conta. Hudson reparou que eles não pediram que ele contribuísse. Nem poderia — depois de pagar o aluguel e as contas daquele mês, havia ficado com exatos 123,67 dólares para fazer as compras no mercado e ir e voltar de ônibus do trabalho. Um salário melhor era algo relativo. Ele continuava pobre.

Quem dera a Marinha o quisesse, como era o caso dos amigos...

Mas não queria, é claro. Afinal, como ele passaria na prova de aptidão física? Tinha duas próteses de disco cervical na coluna, resultado da vez em que Lewis o jogara contra a parede por causa de uma resposta atravessada. Também tinha um punho que fisgava por não ter se curado direito depois de Lewis ter dado um pisão nele porque Hudson havia feito xixi nas calças durante uma tempestade. Sem falar no problema nos nervos. O rapaz era um produto danificado, quase incapaz de andar pelos corredores assustadores da Pavores de Fazbear.

— Eu não devia estar tomando isso — comentou Barry, enfiando a colher na mistura de chantilly, calda de chocolate e sorvete de baunilha. — Mais tarde vou jantar na casa dos meus avós.

— Frango frito, molho branco, purê de batata e creme de milho? — perguntou Duane.

— O que mais seria?

—Vovós merecem amor — falou Duane, enchendo a boca de sorvete.

O cheiro intenso de chocolate se sobrepôs ao de poeira e de lustra-móveis.

—Verdade — concordou Barry. — A sua faz uma torta de maçã deliciosa, né?

Duane assentiu.

— E rolinhos de canela. Mas, ela só vem visitar algumas vezes por ano. Eu ganharia peso se ela morasse perto igual à sua.

— E a sua vó, Hud? — quis saber Barry. — Você não fala dela há anos. Ainda está viva?

Hudson assentiu, sorrindo.

— Acho que ela é imortal.

Duane cutucou Barry com o cotovelo.

— Lembra que você morria de medo dela quando a gente era criança?

Barry ergueu as mãos.

— Ei, eu não tenho vergonha disso — admitiu, e olhou para Hudson. — Quem, em sã consciência, *não* teria medo da sua avó?

E riu.

Hudson assentiu de novo, achando graça, e concordou:

— Só um idiota tentaria contrariar aquela mulher.

Foi a vez de Duane rir.

— Lembram quando ela fez aquele boneco de vodu do sr. Pikestaff? O babaca passou uma semana andando de um jeito esquisito, e olha que ela só usou dois alfinetes.

Hudson sorriu de novo. Aquela senhora não era uma avó qualquer.

— Essa foi boa — admitiu. — Mas sempre vi minha avó mais como uma pessoa sábia do que assustadora. Ela sempre soube das coisas.

Ele pensou em como andava assustado na Pavores de Fazbear.

—Tipo — continuou — ela sempre me dizia que, quando os pelos da nossa nuca se arrepiam, é bom obedecer e ficar alerta porque tem confusão vindo aí.

Duane riu.

— E aí, o que faz os pelos da sua nuca se arrepiarem?

Hudson olhou para ele.

— Quer mesmo saber?

— Aham — disse Duane.

Em vez de responder de imediato, Hudson pensou na avó. Além de especialista em usar ervas para curar, vovó Foster dizia ser vidente, embora nunca se desse ao trabalho de contar o que via. Ela não tinha uma fé ou um sistema de crenças específico, incluindo o vodu, mas achava que os bonecos eram "um arraso" e sempre os usava para perpetrar a justiça contra pessoas desagradáveis.

Quando tinha doze anos, Hudson perguntara:

— Por quê, vovó? Como eles funcionam, se a senhora nem acredita em vudu?

Vovó Foster, que sempre usava camisas de estampa xadrez com calças jeans largas, respondera da cadeira do alpendre:

— Eu acredito no que acredito. E, porque acredito, funciona para mim.

— Não entendo — dissera Hudson.

—Você não sabe no que acredita. É por isso que a vida te dá essas lambadas.

Vovó Foster fazia várias declarações sucintas como aquela, e Hudson passara anos relembrando cada uma delas. Era uma das razões pelas quais estava tão assustadiço no trabalho.

— Terra chamando Hud — falou Duane.

Ele pestanejou.

— Foi mal.

Tomou mais uma colherada de sorvete, depois continuou:

— Certo, o que faz os pelos da minha nuca se arrepiarem é a Pavores de Fazbear.

— Sério? Aquele lugar? Não tem nada de arrepiante nele. São só truques para enganar gente boba que gosta de sustos fabricados. — respondeu Duane, rindo.

— Como se já não houvesse assombração o suficiente na vida real... — resmungou Barry.

— Exato — concordou Duane. — A Pavores de Fazbear é só um trabalho.

Hudson suspirou.

— Para vocês, talvez... Vocês não estão presos aqui.

Duane encheu a boca de sorvete e não respondeu, mas Barry disse:

— Ele até que tem razão.

O amigo balançou a cabeça.

— Você não pode pensar assim, Hud. Precisa acreditar que coisas boas vão rolar para você.

— Rolar? Barranco abaixo, só se for... — argumentou Hudson, pensando em sua tentativa falha de engatar num relacionamento com Faith.

—Vão rolar no bom sentido — insistiu Duane.

— Sim, eu entendi.

Barry e Duane deixaram Hudson no seu apartamento, que ficava em um porão, quatro horas antes de ele precisar pegar o ônibus de volta ao trabalho. Um pouco sonolento e com muita fome, o rapaz colocou uma latinha de canja para aquecer na panela. Enquanto esperava, ficou olhando a sopa e pensou em como a mãe era antes da morte do pai dele, antes da chegada de Lewis. Ela nunca tinha sido muito maternal e carinhosa, mas era eficiente e responsável... até o marido falecer.

O pai de Hudson, Steven, era o tipo de pai que toda criança queria ter. Sempre disposto a jogar bola ou brincar de luta, além de ser divertido e atencioso. Infelizmente, vivera com transtornos mentais por muitos anos. Para cada aventura feliz e esfuziante na qual o pai levava o garoto, havia muitos momentos difíceis que ele escondia. Quando se meteu numa furada que o fez perder seu pequeno negócio, e, portanto, a fonte de renda da família, Steven tirou a própria vida.

Ao longo dos anos, Hudson havia se alternado entre amar o pai pelas lembranças da infância e o odiar por ter sido deixado sozinho com a mãe, sem nada, presas fáceis para um monstro como Lewis.

Hudson também passava muito tempo se perguntando se teria o mesmo azar do pai.

Talvez sim, ou talvez fosse apenas uma questão de deixar o destino do pai selar o dele.

Não sabia muito bem o que havia acontecido, mas, por alguma razão, depois de perder o pai, tudo começara a dar errado. Não era só Lewis ou a mãe fraca e abalada. Era tudo.

Por exemplo, ele de repente virou alvo dos valentões da escola. Era trancado em armários no intervalo e perseguido até em casa depois da aula. Eles o puxavam, empurravam, socavam e quase o afogavam enfiando sua cabeça na privada, repetidamente. Um dos valentões o chamava de Cabeça de Descarga.

Os professores não eram muito melhores do que os valentões. Quando as notas de Hudson caíram, ninguém se dispôs a ajudar. Ninguém queria saber por que seu desempenho estava indo de mal a pior. Queriam só gritar com ele por não estar acompanhando o ritmo. Um deles, sr. Atkin, o rígido professor de matemática, chegara a chamar Hudson de burro na frente da sala toda.

E o mais triste era que a escola era a parte *fácil* da vida dele. Em casa as coisas eram muito, muito piores. Lewis repetia todos os dias um lembrete para Hudson: "Você é um nada". A palavra, *nada*, era alternada com porradas. "Você é um nada." Tapa. "Você é menos que nada." Soco. "Você não passa de fumaça."

Essa última era meio irônica, considerando o que acabara acontecendo.

Vovó Foster dizia que o calor e o fogo purificavam. E ela estava certa… mais ou menos.

Depois que a casa da família pegou fogo, no fim do último ano do ensino médio, Hudson sentiu que estava purificado, que tinha se livrado de Lewis e da mãe. Mas não do seu tormento. Este só havia piorado.

O problema era que os investigadores haviam concluído que o incêndio não fora natural. Dadas as propensões de Lewis à violência, Hudson achou que a polícia logo suspeitaria do padrasto. Em vez disso, tinham dedicado todas as atenções ao enteado que Lewis vivia espancando.

Por cinco anos, Hudson tinha vivido livre de Lewis, da mãe e dos professores. Mas enquanto Duane e Barry fizeram faculdade, ele tinha pulado de bico tedioso em bico tedioso porque não conseguia se livrar do estigma de ser suspeito de um caso de incêndio doloso e duplo homicídio. Depois de formados, os amigos tinham pegado trabalhos temporários bem remunerados em construção civil ou coisas do gênero, basicamente se divertindo um pouco antes de começarem a levar a vida a sério. Hudson trabalhava como caixa de uma loja de conveniência fazia seis meses quando Duane e Barry o convenceram a tentar uma vaga na Pavores de Fazbear. A ideia era que eles pudessem passar algumas semanas juntos antes que os dois começassem a servir na Marinha.

Uma ótima ideia… se Hudson não tivesse sido tão maltratado a ponto de estar reduzido a pura inutilidade.

Ele respirou fundo e notou o cheiro de algo queimado. Olhou para baixo. O líquido da canja tinha evaporado, e os pedaços de frango estavam escurecidos e grudados no fundo.

Hudson pegou a panela e a jogou na pia. A fumaça preencheu o ar, pinicando seus olhos.

Quanto tempo tinha passado ali, se lamentando?

Olhou para o relógio. *Tempo demais.*

Com um suspirou, encheu a panela de água e pegou a esponja de louça. Depois de limpar tudo, esquentar outra lata de sopa e comer, restavam apenas três horas para dormir antes de voltar ao trabalho.

Virgil estava esperando do lado de fora da lojinha quando Hudson voltou para a Pavores de Fazbear.

— Algum problema? — perguntou o garoto.

— Não, a menos que você considere aquela porcaria de termostato um problema — respondeu Virgil.

Hudson balançou a cabeça. O lugar nunca parecia frio demais para ele.

— O senhor precisa pedir para a sua esposa tricotar um casaco mais grosso.

Virgil passou as mãos pelo cardigã puído que usava.

— Não, eu gosto desse. É confortável.

Hudson assentiu e acenou enquanto Virgil saía do estabelecimento. Assim que o senhor passou pelas portas, o vigilante as trancou.

Ao se virar, aguçou a audição. Era estranho como o silêncio parecia se mover ao redor dele como um ser vivo. Parecia ter camadas, nuances dotadas de informações que ele não compreendia. Não só informações. Ameaças. O silêncio parecia uma ameaça, como a promessa de que havia algo ruim chegando.

O rapaz apoiou as costas contra a porta fechada e tentou controlar a respiração ofegante. Resistiu à tentação de girar a maçaneta e correr noite adentro.

De algum lugar no âmago do estabelecimento, veio um estrondo. Hudson sacou o cassetete.

Riu de si mesmo assim que sentiu o ar fresco saindo pela tubulação mais próxima. O barulho tinha sido apenas o sistema de ar-condicionado ligando.

—Você precisa se controlar — disse para si mesmo.

Respirou fundo e soltou o ar devagar. Em seguida, segurando o cassetete com força, começou a ronda da noite.

A escuridão se estendia à frente conforme ele seguia pelo caminho de sempre. As luzes eram programadas para ficarem mais baixas depois da meia-noite, fazendo as caixas empilhadas nos corredores projetarem sombras estranhas. As sombras dos objetos que já tinham sido desencaixotados eram mais curtas e largas, fazendo Hudson pensar nos ratos da sala da segurança falsa. Quando uma delas pareceu se mexer, ele pegou a lanterna e iluminou a área, para o caso de um dos roedores ter escapado do outro cômodo.

Ou talvez tivessem arranjado mais ratos. Ele não ficaria nada surpreso se fosse o caso.

Depois de três semanas como vigia enquanto a atração era preparada para o público, Hudson estava se acostumando ao interior que evoluía depressa. Infelizmente, cada cômodo ficava mais perturbador com o passar dos dias.

O problema eram os personagens esquisitos.

O criador dos personagens da Freddy Fazbear tinha uma imaginação maluca, seja lá quem fosse. Quem inventava coisas como uma galinha com dentes que carregava um cupcake igualmente dentado? Quem idealizava coelhos roxos e raposas com tapa-olhos? Quem criava máscaras de marionete listradas de preto e pintadas como guerreiros? Hudson nem queria saber como eram os outros personagens. Só a máscara pendurada ali perto já era terrível.

E, claro, Faith e seus colegas tinham elevado o nível de cada elemento da esquisitice. Sangue falso tinha sido espalhado artisticamente por todos os lados. Havia teias de aranha, poeiras e arranhões em todas as superfícies — não só nas paredes.

Pelo jeito, além das animações que estavam para serem lançadas, sons seriam acrescentados em breve. Muito em breve.

Hudson presumia que o áudio seria desligado à noite, mas não tinha certeza. Não sabia se conseguiria manter a sanidade caso precisasse ouvir os efeitos sonoros da Fazbear além de enxergar todas as bizarrices.

Talvez tudo melhorasse depois que as caixas fossem descartadas. Havia algo perturbador nelas. Não dava para saber o que espreitava lá dentro. O que ainda poderia sair.

Depois de ter passado pela sala da segurança falsa, o armário do zelador e a cozinha, Hudson alcançou a sala de jantar e conferiu o palco, fazendo o possível para ficar longe do alcance dos braços das estátuas dos personagens. Sabia que era idiotice. Eram *estátuas*, não animatrônicos, mas era involuntário. Ele simplesmente tinha a impressão de que seria agarrado se chegasse perto demais.

Em seguida, conferiu a área atrás do palco. Notou que mais peças de animatrônicos haviam chegado. Estavam espalhadas pelo chão e penduradas nas paredes. Boa parte estava pintalgada de sangue (*ou melhor, tinta vermelha... não esquece disso*, lembrou ele a si mesmo).

Ao deixar a coxia, o vigilante avançou por alguns corredores serpenteantes até chegar à Caverna dos Piratas. Faith tinha explicado que, nos restaurantes, a atração ficava no salão, mas a ideia era fazer um espaço separado ali.

— Pensa só o medo que as pessoas vão sentir quando um gancho de pirata começar a rasgar a cortina? — dissera ela, aos risos, na época em que ainda conversavam.

Hudson não via a menor graça naquilo.

Por sorte, a cabeça de Foxy, parcialmente coberta pelo tapa-olho, estava separada do resto do traje. O rapaz odiava pensar em personagens funcionais — fossem humanos usando fantasias ou animatrônicos — controlando ganchos de aparência letal.

Depois de sair da Caverna dos Piratas, foi até a sala da segurança falsa. Lá, descobriu um novo tonel com peças de personagens e adereços. Dava para ver o braço de uma guitarra surgindo por entre as cabeças decepadas. Um latão de lixo cheio também fora atulhado no espaço. Um dos ratos estava fuçando nos resíduos. Hudson se apressou em fechar a porta e seguiu em frente.

Completando o circuito, ele enfim voltou à entrada. Parado sob o arco de tijolinho quase aos pedaços, conferiu o relógio. Eram só dez para as duas da madrugada. Ainda restavam mais cinco horas de trabalho antes que Virgil voltasse para cobrir o próximo turno. O homem devia chegar às sete, assim como Barry e Duane, mas quase sempre se atrasava.

Hudson bateu o cassetete contra a coxa. Hora de ir se esconder na sala da segurança de verdade e ficar vigiando os monitores por um tempo.

Entrou no cômodo e prendeu o cassetete de volta no cinto. Também atou nele a lanterna e se largou na cadeira. Aquele lugar era o santuário de Hudson, o único cômodo ali onde ele não se sentia observado por centenas de olhos.

A única coisa que o deixava nervoso era a imensa grade cobrindo a saída do sistema de ventilação, bem acima da mesa. Alguns dias antes, havia chegado à conclusão de que alguém — ou algo — poderia observá-lo através dela. Por isso, tinha levado uma manta de casa e a jogado sobre a grade. Até o momento, ninguém havia falado nada a respeito. Será que Virgil também se sentia observado pela tubulação do sistema de ventilação? Hudson nunca havia perguntado.

Ele se inclinou na cadeira e ergueu os pés, preparado para passar o resto da noite assim.

Quando Hudson retornou de seu curto intervalo no dia seguinte, já era quase meio-dia. Barry e Duane carregavam outra torre de caixas de papelão, e Faith estava sentada no chão desempacotando todo o tipo de "achados vintage".

— A gente vai parar para almoçar daqui a quinze minutos — avisou Duane para Hudson assim que ele entrou. — Você vai estar na sala da segurança?

— Isso.

Hudson achava que terminaria a próxima ronda até lá caso se apressasse.

Mesmo que os três amigos não fossem tão próximos quanto antes, Hudson ainda gostava da companhia deles. Faziam com que se sentisse um pouco menos sozinho no mundo. Não gostava de pensar em como seria depois que os dois fossem embora.

Sentiria saudades da amizade... e das piadas idiotas. Duane vivia contando piadas péssimas.

— O que o cavalo foi fazer no telefone público? — perguntou Duane.

Ele e Barry entraram na sala da segurança no instante em que Hudson voltava da ronda.

— Não sei — falou Hudson. — O quê?

— Passar um trote. — respondeu Duane, com uma risada.

— Nossa, essa foi péssima.

Barry balançou a cabeça, e Hudson deu uma risadinha.

Em seguida, Barry pegou uma sacola e atravessou o espaço até o pequeno micro-ondas acomodado sobre uma prateleira.

— Adivinhem o que eu trouxe para vocês?

— Comida? — arriscou Duane.

— Que engraçadinho... Não é uma comida qualquer. É frango frito, molho branco, purê de batata e creme de milho.

— Casa comigo? — brincou Duane. — Quem se casar com você leva sua avó no pacote, né?

— Foi mal, você não faz meu tipo.

— E qual é seu tipo? — questionou Hudson.

— Qualquer um que não seja vocês — rebateu Barry.

Os três riram.

Barry colocou o almoço para esquentar. No mesmo instante, o cheiro inebriante de frango frito tomou conta da sala. Hudson se deu conta do quanto estava com fome.

— Falando em casamento, como foi seu encontro com a Faith? — indagou Duane para Barry.

Hudson se empertigou. Barry tinha saído com Faith?

— Foi ótimo — respondeu o garoto. — Muito bom mesmo. Ela é incrível.

Baixou o rosto, fitando as mãos, depois olhou para Hudson.

— Ela comentou que vocês saíram uma vez, mas não deu certo. Tudo bem se eu sair com ela? Eu paro se você preferir.

Hudson deu de ombros.

— Nada a ver, está tudo bem. Não tenho nada com ela. Seria muito idiota da minha parte falar que você não pode se envolver com uma garota só porque a gente saiu uma vez — respondeu ele.

— Por que não deu certo? — quis saber Duane.

Hudson revirou os olhos.

— Adivinha.

Os dois amigos se entreolharam.

— A gente não contou para ela — disse Barry. — Nunca comentamos sobre isso com ninguém.

Hudson encolheu os ombros.

Barry abriu o micro-ondas e tirou os potinhos de plástico de lá de dentro. Começou a dividir a comida em três pratos descartáveis.

Hudson estava se esforçando para não ficar bravo com o amigo, mas não achava que conseguiria aceitar aquela caridade depois do que ouviu.

— Não quero, valeu — avisou. — Não estou com fome.

— Certeza? — perguntou Barry.

Hudson assentiu.

Barry deu de ombros, mas deixou um pouco da comida nos potes.

— Vou deixar separado para quando você estiver com fome.

Com a boca cheia de purê, Duane se intrometeu:

— A menos que eu coma tudo antes.

Barry entregou um guardanapo ao amigo.

— Mastiga de boca fechada... Sua mãe não te ensinou bons modos?

Hudson olhou além dos amigos, conferindo os monitores da sala da segurança. Notou que a pilha de caixas na entrada estava ainda maior.

— Ainda falta muita tralha para vocês trazerem pra cá? — perguntou.

— Falaram que tem mais uns dois caminhões cheios vindo — contou Barry. — Um achado maior chega amanhã.

— Que tipo de achado? — quis saber Hudson.

Duane fez que não sabia.

— Não quero mais saber desses achados — continuou Hudson. — Quando o sistema telefônico vai ser instalado?

— Depois de amanhã, acho — falou Barry. — Faith comentou que quer terminar mais alguns projetos antes de a equipe vir.

Tentando não imaginar Faith e Barry juntos, Hudson deixou o olhar vagar de um monitor para o outro. Balançou a cabeça, observando o lixo atulhado dentro do lugar.

— O que foi? — perguntou Duane.

Hudson se esquivou. Não queria falar dos seus sentimentos para os amigos.

— Se você diz… — continuou Duane.

— Eu não disse nada — rebateu Hudson.

Duane lambeu o prato.

— Que seja.

— Você sabe que parece um cachorro fazendo isso, né? — soltou Barry.

— Não dou a mínima — rebateu Duane. — Está uma delícia.

Largou o prato descartável vazio na mesa e olhou para Hudson.

— O que te deu nos últimos dias? Você está esquisito.

Hudson encolheu os ombros.

— Quando a Faith perguntou se fui eu, tudo voltou ao mesmo tempo, sabe? Mexeu comigo.

Barry fez uma careta.

— Por isso perguntei se você prefere que eu não saia com ela.

— Você gosta da Faith? — quis saber Hudson.

— Gosto.

— Bom, então fica com ela.

— A gente vai para a Marinha daqui a uns meses — lembrou Duane.

Barry deu de ombros.

— Ninguém pode prever o futuro.

— Só a minha avó — falou Hudson.

Os três riram.

Quando seu turno terminou, Hudson negou o convite dos amigos para jantar. Ele precisava visitar a avó.

— Quer carona? — ofereceu Barry.

— Não, eu vou andando — falou Hudson.

Nem tentaria dormir naquela tarde. Iria ver a avó, aproveitaria sua comida gostosa e depois perguntaria se ela tinha algo para dar um gás na sua energia. Se alguém pudesse manter Hudson acordado, seria a avó.

Assim, ele saiu da Pavores de Fazbear perto das cinco da tarde e caminhou os dez quarteirões até a casa dela. O dia estava frio e seco. As primeiras folhas do outono voavam pelo concreto à sua frente conforme ele avançava. O rapaz sentiu o aroma de maçãs, que haviam caído das árvores e se acumulavam perto do meio-fio. A avó lhe dizia que cheiros tinham poder, e que quando algum era gostoso, era possível absorver força dele ao inspirar fundo.

— Mas não pode inalar fedor de coisa podre — alertara ela certa vez. — Não é só um cheiro. Tudo é mais do que parece.

Já quase no prédio moderno onde a avó morava, Hudson sentiu o odor de algo em decomposição. Cobriu o nariz com a mão e correu para dentro enquanto um empresário jovem e descolado saía pelo portão.

Quando se pensava numa avó como a dele, despreocupada com aparências, que seguia os "caminhos antigos" e usava bonecos de vodu para lidar com conflitos, apartamentos ultramodernos não eram exatamente o que se vinha à mente.

Durante a infância de Hudson, vovó Foster morava numa casa antiga perto de onde ele vivia com os pais. Na época do incêndio, porém, ela havia se mudado. Dizia que a energia era melhor no centro da cidade, além de ficar mais perto de onde os homens estavam. Vovó Foster tinha voltado a namorar.

Hudson sorriu e pegou o elevador elegante, apertando o botão do sexto andar do antigo galpão transformado em prédio residencial. Pensar na vida amorosa da avó sempre o animava.

Não tinha conhecido o avô, que morrera antes do seu nascimento. Era difícil imaginar um homem forte o bastante para alguém como vovó Foster. Até o momento, nenhum dos relacionamentos dela havia evoluído para algo sério.

O rapaz saiu do elevador, ouviu o som da porta se fechando às suas costas e atravessou o corredor de cimento polido. Algum dos vizinhos estava assando biscoitos. Pareciam de açúcar. Ele tinha certeza de que não era a avó. Ela nunca cozinhava coisas gostosas assim.

Dois passos antes de Hudson chegar à porta, ela se abriu. A mulher usava uma camisa xadrez verde e vermelha com calças jeans largas.

—Você está atrasado.

Ele nem tinha avisado que ia passar lá.

Por isso, decidiu ignorar as palavras e a abraçou. A idosa cheirava a especiarias exóticas… e pêssegos. Ele inspirou fundo.

As habilidades de vovó Foster não tinham a ver com seu tamanho. Ela media pouco mais de um metro e meio, e era magrela como Hudson. Ele teria medo de quebrar os ossos da avó se não tivesse aprendido ao longo dos anos que o poder dela era muito mais forte do que o corpo. Nada derrubaria a vovó Foster.

Por gostar de pegar sol, a mulher tinha a pele escura e grossa como couro rachado, e sempre tivera camadas generosas de rugas desde que Hudson se conhecia por gente. Usava o cabelo na altura do queixo, sempre bagunçado. Era grisalho; ao que parecia, tinha ficado branco quando ela era pouco mais velha do que Hudson, e nunca lhe perguntara o porquê. De alguma forma, as rugas e o cabelo branco não a faziam parecer velha ou fraca. Combinados às feições fortes e aos olhos incomumente azuis e brilhantes, aquelas características a faziam parecer tão durona quanto de fato era.

Quando Hudson a soltou do abraço, vovó Foster abriu a porta com o pé e fez sinal para que o neto a seguisse. Em vez de o levar até o sofá de couro preto sob a janela grande com vista para o centro, ela o guiou até o meio da sala e apontou.

— Aquilo é um braseiro? — perguntou Hudson, encarando o pequeno círculo de pedras com carvões dentro.

A avó agitou a mão.

— É de mentira, mas vai servir.

A voz dela não era coerente com seu físico. Profunda e grave, estava mais para a voz de um caminhoneiro. Era uma das razões pelas quais a senhorinha era assustadora. Quando falava, seus tons guturais faziam parecer que um demônio a estava controlando e usando seu corpo para falar com humanos indefesos.

— Olha só quem está todo irritadinho... — comentou ela.

Hudson ficou em silêncio. Tinha aprendido que falar o mínimo possível era a melhor maneira de interagir com a avó. Era preciso esperar que ela dissesse o que pretendia e só decifrar o significado depois.

— Senta.

Ela apontou para uma almofada laranja no chão, ao lado do braseiro.

Hudson obedeceu.

— Você está emanando um futum, Hudson... Parece que rolou no esterco. Precisa se livrar disso.

— Como?

— Vai embora.

— Como assim?

— Do trabalho.

A avó se sentou de pernas cruzadas, uma pose impressionante para alguém de oitenta e dois anos.

— Você precisa largar esse trabalho, Hudson.

Ele franziu a testa. Concordava com a ideia, mas ao mesmo tempo achava que era bobeira. Nunca tivera um salário tão bom… não que fosse o suficiente, mas era um passo na direção certa. O que iria fazer? Voltar a ganhar um salário-mínimo e lidar com todos os clientes babacas da loja de conveniência? Aqueles que o tratavam como se fosse um pedaço de chiclete grudado na sola do sapato?

— Não posso, vó.

— Hum.

Hudson pensou na avó e suas previsões. Talvez ela soubesse do que estava falando.

— Por que preciso sair do emprego? — perguntou Hudson.
— O que a senhora sabe sobre a Pavores de Fazbear?

Ela estreitou os olhos.

—Tudo que preciso saber. — Então estendeu o braço e apertou a mão do neto. — Eu me preocupo com você, Hudson. Larga esse emprego.

Lá ia ela de novo, sem dizer coisa com coisa. Era como aquela bobagem de vodu. Hudson balançou a cabeça.

— Se eu pedir demissão…

Balançou a cabeça de novo e continuou:

— Não posso fazer isso, vó.

A avó suspirou.

— Seu caminho só pertence a você.

Ela sustentou o olhar dele por vários minutos, depois pareceu despertar.

—Vem. Vamos jantar. Vou pedir pizza.

Hudson sorriu.

— Claro, como negar?

• • •

Aquela noite na Pavores de Fazbear transcorreu sem incidentes, e Hudson estava tão relaxado quando voltou para casa depois do expediente que caiu no sono e dormiu por cinco horas seguidas. Retornou ao trabalho no fim da manhã, bem a tempo de ver Barry e Duane descarregarem um caixote de madeira do tamanho de um caixão, que logo levaram para dentro.

Depois de pegar as chaves oferecidas por Virgil, Hudson trotou pelos degraus da entrada da atração e viu os amigos carregarem o objeto pelo corredor.

— O que é isso? — perguntou.

— Vem ver — falou Duane. — Você vai ficar chocado. Não vai acreditar onde acharam isso.

Hudson prendeu as chaves no cinto e seguiu os dois.

— Para onde a gente está indo? — indagou.

— Para o corredor interno — informou Barry. — Querem que a gente coloque isso lá.

— Então, saca só… — começou Duane. — Essa caixa foi encontrada dentro de um quartinho escondido numa das pizzarias!

Barry sorriu.

— Faith está muito empolgada. Disse que vão colocar esse troço numa salinha aqui, e que vai ser a coisa mais legal de toda a atração.

Hudson olhou para o cassetete e o ajeitou, na tentativa de esconder a vermelhidão no rosto. Não queria que Barry visse.

— Ela está aqui? — perguntou, soando tão despreocupado quanto possível.

Pelo jeito a tentativa foi bem-sucedida, porque Barry respondeu no mesmo tom:

— Não. Hoje ela saiu para comprar tecidos, tintas ou sei lá o que mais precisa para trabalhar nesse item novo.

Enquanto os três conversavam, Barry e Duane grunhiam e bufavam, avançando pelo corredor. A ideia de oferecer ajuda nem ocorreu a Hudson. Estava ocupado demais pensando em Faith para ser atencioso.

Notou como não havia caixas naquela parte do corredor. Mais partes de personagens tinham sido penduradas na parede. Hudson achava que havia pelo menos uns doze novos pares de olhos encarando das paredes.

Barry e Duane colocaram a caixa no linóleo com um baque surdo. Hudson se encolheu com a certeza de que ouvira, além do estrondo, o som de algo metálico vindo de dentro do caixão.

Duane apoiou a bunda no caixote e usou a barra da camiseta para limpar o suor que lhe escorria da testa.

— Eu deixei o pé de cabra perto da Caverna dos Piratas — avisou Barry. — Vou lá buscar.

— Calma, vocês não vão abrir essa coisa, vão? — quis saber Hudson.

— Como assim? — estranhou Duane. — Não vai dizer que tem medo do que está aí dentro.

Ele ergueu o olhar para Hudson.

— Acha que a gente não notou como você fica inquieto perto dessas coisas? Está deixando essa bizarrice toda te afetar — continuou, e ilustrou a frase apontando para as paredes. — E é escolha sua, cara, mas você está cedendo ao poder da sugestão. Isso é psicologia básica. O que você espera que aconteça é o que vai acontecer. Profecias autorrealizáveis e coisa e tal. Sei que você fez aula de psicologia também, Barry. Você se lembra dos experimentos provando que aquilo que vemos ao olhar para as coisas depende mais das nossas suposições sobre elas, e não do que de fato está ali? Lembra?

— Claro — concordou Barry. — Mas não perturba o Hud com...

Hudson encostou no braço do amigo.

— Está tudo bem, cara. — Ele manteve a expressão relaxada e acrescentou: — Preciso fazer minha ronda.

E saiu caminhando a passos largos, mas ouviu os cochichos dos amigos enquanto se afastava.

— Às vezes você é um babaca, sabia? — chiou Barry.

— O que eu fiz? — questionou Duane, parecendo confuso.

Claro que Duane não entendia. Até onde Hudson sabia, o amigo nunca tinha sentido medo de nada na vida. Era sempre o primeiro a pular do telhado quando tentavam "voar", sempre o primeiro a andar sobre o gelo para ver se o lago já estava congelado a ponto de patinar, sempre o primeiro a se meter numa briga para acabar com a confusão no parquinho. Barry também era bem corajoso. Uma vez, tinha recebido mil dólares de recompensa de uma senhora depois de escalar uma árvore e resgatar seu gato.

E Hudson? O que ele tinha feito? Apenas se escondera de Lewis em vez de revidar.

Com um chacoalhão mental, ele avançou pelos corredores para terminar a ronda.

• • •

Meia hora depois, Hudson estava a caminho da sala da segurança quando Duane o chamou.

— Ei, vem cá ver uma coisa! Chega a ser fantástica de tão esquisita!

— Deixa ele em paz — falou Barry.

—Ah, qual é. Não é um demônio. É um animatrônico antigo, um completo! É incrível! Olha os detalhes!

Hudson só queria ir para a sala da segurança, trancar a porta e tirar um cochilo. Mas não ia dar aquela satisfação a Duane, então seguiu pelo corredor como se não desse a mínima para o que estava no caixote de madeira.

Quando alcançou os amigos, parou de supetão. Barry e Duane tentavam levantar o animatrônico e o apoiar numa das paredes. Era a coisa mais bizarra que Hudson já tinha visto.

Certo. *Bizarra*. Escolhera aquela palavra porque usar *aterrorizante* significaria que estava com medo. E de fato estava, mas não queria admitir aquilo a ninguém, nem a si mesmo.

Hudson usou um truque antigo ao qual recorria sempre que Lewis estava fora de controle: estreitou os olhos até que seu foco mal passasse de um pontinho. Tinha aprendido logo cedo que, com uma perspectiva limitada como aquela, o que encarava não era tão horrível.

Com a visão reduzida, tudo que Hudson podia ver entre Barry e Duane era um conjunto de olhos arregalados com pesadas pálpebras verdes. Foi o suficiente para deixar Hudson completamente afetado.

Mas era uma parte tão pequena da coisa com a qual os amigos mexiam, e por isso conseguiu agir como se estivesse relaxado e despreocupado. Testando a teoria, enfim se pronunciou:

— O que estão fazendo com esse troço? Dançando? — A voz saiu normal e leve. Hudson parabenizou a si mesmo.

— Faith quer deixar esse trambolho encostado ali, bem rente à parede — explicou Barry. Depois grunhiu e mexeu na lateral do animatrônico em tamanho real. — Você prendeu aqueles ganchos? — perguntou a Duane. — Ou vai só ficar paquerando esse negócio?

Duane tirou alguns ganchos do bolso.

— Segura firme aí do seu lado. Vou inclinar para cá e fixar esse troços na parede. Depois a gente troca de lugar e prende do outro lado.

— Vou deixar vocês focarem no trabalho — avisou Hudson, e deu as costas para seguir para a sala da segurança.

— Quer sair para jantar depois? — convidou Barry.

Hudson se deteve e olhou para trás.

— Não posso, foi mal. O Virgil não vai poder vir esta noite. Vou ficar aqui até amanhã de manhã.

— Que droga — comentou Duane. — Deve ser um saco ser você.

— Uau, valeu — disse Hudson, balançando a cabeça.

— O quê? — perguntou Duane.

— Talvez na Marinha ensinem você a não falar besteira — ralhou Barry com Duane enquanto Hudson se afastava.

Ele esperava com todas as forças ter uma noite tranquila. Apesar da adição do novo animatrônico, estava se sentindo bem quando fechou o lugar para o turno da noite. Talvez fingir que estava relaxado de fato o ajudasse a se sentir mais tranquilo. Achou que poderia fazer a história da profecia autorrealizável trabalhar a seu favor.

E foi o que aconteceu... até ele decidir cutucar a onça com vara curta. Quando ficou todo corajoso e resolveu encarar seus medos.

Passaria o resto da noite pagando o preço.

Em geral, Hudson seguia a mesma rota em todas as rondas. Naquela noite, porém, estava ansioso. Por isso, começou pelo fim, com a intenção de percorrer o caminho no sentido inverso. A mudança obrigou o rapaz a lidar com o novo animatrônico perto do início do circuito em vez de ao fim do trajeto.

Conforme se aproximava da coisa desgrenhada, planejava encará-la e seguir caminho. Ia negar ao animatrônico o poder de o afetar.

Seria um ótimo plano, se não tivesse se esquecido de semi-cerrar os olhos.

E também não imaginava que a coisa iria falar com ele.

O vigilante seguiu pelo corredor interno e encontrou o novo animatrônico preso à parede onde Duane e Barry o tinham deixado. Com a mão erguida como se acenasse, a postura do traje não era ameaçadora. Mas, no fundo, qualquer coisa com aquela aparência *era* ameaçadora, independentemente do que estivesse fazendo.

Hudson encarou o animatrônico, depois recuou aos tropeços e arquejou. O que raios era aquilo?

À primeira vista, o personagem robótico preso à parede parecia um coelho. Ou algo do tipo. Com pelagem de um amarelo-esverdeado, não era nem um coelho normal, nem um coelho cartunesco. Era o tipo de coelho que dr. Frankenstein teria criado se quisesse um coelho em vez de um humano.

Orelhas rasgadas, dezenas de tufos da pelagem verde e amarela do corpo e dos membros arrancados… ou roídos, talvez. Era difícil dizer. Nenhuma criança gostaria de abraçar um coelho daqueles. Crianças não deviam sequer *olhar* para aquela coisa.

Com a pelagem arrancada, dava para ver peças de metal da estrutura do animatrônico, fios expostos conectados ao esqueleto enferrujado de metal e… mais alguma coisa. O que era aquilo?

Hudson não se conteve, e chegou mais perto para olhar melhor.

Será que…

Não, não podia ser.

Analisou as áreas avermelhadas e acinzentadas visíveis entre as lacunas na pelagem e no metal. Parecia…

Hudson deu um passo para trás, agarrando o cassetete. Percebeu que estava ofegante, então inclinou o corpo para se recompor.

Precisava voltar a semicerrar os olhos, mas era impossível. Precisava descobrir.

Chegando mais perto, Hudson tombou a cabeça de lado para entender o que estava escondido sob a pelagem e o metal. Queria provar a si mesmo que aquele devaneio maluco e macabro não passava disso: um devaneio.

Mas não era. Com cuidado, estendeu a mão para tocar o interior do pelo degradado e do metal exposto. Encostou a ponta do dedo no material avermelhado.

E saltou para trás tão rápido que perdeu o equilíbrio e caiu contra a parede oposta.

Era verdade! Era carne. Talvez não... Não, provavelmente não era *humana*. Mas era alguma espécie de tecido corporal.

Para que usar algo tão apavorante para aterrorizar os outros?

Não podia ser real!

— É real — disse uma voz rouca.

Hudson cambaleou.

A coisa falava! O animatrônico falava?

Não, não era possível. Duane e Barry tinham dito que o endoesqueleto estava avariado. Nem os especialistas contratados conseguiram consertar.

— Se você não fosse tão burro, eu te daria mais detalhes — continuou a voz.

Era familiar — familiar até demais. Grave e rouca, tinha um leve sotaque do sul dos Estados Unidos.

Hudson conhecia aquela voz.

Era a voz do professor Atkin.

Ele sacou o cassetete.

Como aquela voz podia estar saindo daquela coisa?

Ou será que a voz tinha *mesmo* vindo do animatrônico? Não. Hudson achava que não.

O som parecia preencher sua cabeça, vindo mais de dentro das suas orelhas do que de fora. O rapaz não sabia definir de que direção.

— Quem falou isso? — perguntou.

Olhou ao redor, depois para o animatrônico pendurado na parede, a boca repleta de dentes completamente imóvel.

Hudson virou a cabeça para fitar o resto do corredor.

— Burro — repetiu a voz.

O olhar dele recaiu sobre a boca do animatrônico. Ela estava exatamente como antes.

O rapaz encarou a boca por vários minutos. A voz não falou mais. O corredor estava silencioso.

Hudson pestanejou e avaliou o animatrônico de cima a baixo, encarando a camada inferior da pelagem degradada que expunha... os ossos do tornozelo? Será que eram ossos?

Não. *Aquilo* era burrice. Deviam ser suportes de metal desbotados pelo tempo.

— É só somar dois mais dois — falou a voz.

Ao ouvir aquilo, Hudson foi assolado por lembranças das aulas de matemática do sr. Atkin. Sentia o cheiro de giz na sala, as calças encharcadas de suor grudando no assento duro da carteira. O olhar dos colegas sobre ele, o desprezo do professor. A vontade dele era sair correndo e se esconder.

Lágrimas se acumularam nos olhos de Hudson, mas depois ele se lembrou de que não era mais uma criança. Sentiu uma pontada de raiva e enfiou o cassetete na boca do animatrônico. Ouviu um estalo, um tilintar e um estalido no chão. Tinha quebrado um dos dentes da criatura.

Será?

Ou o dente já estava ali antes?

— Isso é loucura — disse Hudson.

Estendeu a mão e agarrou o animatrônico. Sua intenção era carregar a estrutura até um armário e a esconder lá dentro. Mas era mais pesada do que parecia, e não se soltou de primeira da parede.

— Que tipo de ganchos vocês usaram? — perguntou Hudson a um Duane imaginário.

Analisou as conexões, sem entender como soltar o animatrônico.

Pensando bem… Aquilo era bom, certo? Significava que o animatrônico não poderia ir a lugar nenhum.

Hudson endireitou os ombros, se virou e avançou a passos largos pelo corredor que levava para longe da abominação pendurada na parede. Teve a impressão de ouvir um "Burro!" sussurrado ao se afastar, mas ficou em dúvida e resolveu ignorar.

Depois, seguiu até a sala de jantar para fazer sua ronda direito, do começo. Quase marchando por entre as mesas, voltou a pensar na voz. Não a ouvia havia mais de dez anos. Não tinha nem pensado no professor naquele período.

Por que de repente estava ouvindo uma voz que parecia a do sr. Atkin? Será que alguém estava pregando uma peça nele? Duane e Barry fariam algo assim?

Duane, talvez. Mas não Barry.

— Deixa isso para lá — disse Hudson a si mesmo.

Talvez fosse apenas a sua imaginação.

Aquele lugar tinha mexido com a sua cabeça ao longo dos últimos dias. Nunca lidara muito bem com rejeições, e sua decepção com Faith (que não fazia jus ao significado do seu nome, "fé") talvez tivesse afetado seu emocional. Era possível que sua mente o atormentasse naquele momento porque *ele mesmo* vinha fazendo isso por não lidar melhor com a pergunta de Faith.

O que a garota teria feito se ele não tivesse entrado na defensiva? Hudson podia apenas ter respondido algo como "Não, claro que não fui eu".

Ou talvez pudesse ter perguntado "Feito o quê?", todo inocente, pedindo que ela explicasse.

Também poderia ter falado "Não é algo fácil de responder", o que seria a resposta mais honesta possível que ele poderia ter oferecido, pensando bem.

Será que Faith teria topado o segundo encontro se Hudson não tivesse surtado?

— Para com isso! — exclamou o vigilante consigo mesmo.

Analisar todas aquelas hipóteses e possibilidades era como bater com a cabeça na parede.

Hudson entrou pelo arco e passou entre os fliperamas quebrados. Como já estava com o cassetete na mão, batucou de forma rítmica no metal, no plástico e na madeira conforme avançava pelos escombros das máquinas. Fazia aquilo em todas as rondas noturnas; ajudava a aliviar o tédio.

O batuque daquela noite, porém, não foi como todos os outros. Ao golpear as máquinas, Hudson teve a impressão de ouvir alguém cantando. Ele interrompeu o tamborilar, e a cantoria também parou.

Quem estava cantando?

O rapaz recuou um passo e olhou ao redor, analisando a sala de jantar. Seu olhar passou pelos personagens no palco, mas voltou de supetão.

Os personagens. Eles tinham se movido desde a última ronda.

A cantoria recomeçou.

E os lábios dos animatrônicos estavam se movendo.

Estavam cantando!

Não era possível.

Eram só estátuas!

Hudson voltou até os fliperamas e começou a bater o cassetete com mais força nas máquinas. Estava determinado a encobrir a cantoria impossível.

Antes que pudesse batucar no terceiro fliperama, teve outra surpresa. Essa não foi nada boa.

De repente, o cassetete foi arrancado da mão dele e jogado para o outro lado do cômodo. O objeto atingiu a parede com um estrondo, e ao mesmo tempo a cabeça de Hudson se chocou... com o tampo de madeira arranhado da escrivaninha sob a janela de seu quarto.

— Por que você não fez a lição de casa? — berrou Lewis.

O impacto foi poderoso, e a quina da mesa que espetou a têmpora de Hudson era afiada. Assim, ele foi atingido pelo atordoamento duplo da dor lancinante e do fluxo de sangue escorrendo sobre os olhos, impedindo-o de enxergar. Cambaleando para trás, limpou o sangue, tentando clarear a visão para descobrir o que o padrasto faria em seguida. Lewis batia em Hudson havia anos, mas aquela era a primeira vez que chocara a cabeça do enteado contra um móvel.

Limpando os olhos, o garoto se virou, cambaleante. Mas não viu ninguém. Onde estava Lewis? Nem sinal.

Hudson estava sozinho no fliperama.

Espera. O que acabou de acontecer?

Levando a mão ao ferimento na testa, Hudson piscou para a máquina à sua frente, toda torta e destruída que continha um jogo de invasão alienígena. Viu sangue na estrutura de metal.

Ele não estava no seu quarto de infância. Não havia batido a cabeça na escrivaninha, e sim contra o fliperama.

Procurou o cassete, mas não o encontrou. E não conseguiria estancar o sangramento só com a mão. Precisava voltar à sala da segurança, onde havia um kit de primeiros socorros.

Mas seria seguro ir até lá? Algo muito esquisito estava acontecendo no lugar. Por que ele havia alucinado com uma cena da infância?

Um baque silencioso soou de um ponto a alguns metros de distância.

— Quem está aí? — gritou Hudson.

Ficou imóvel, aguçando a audição. Não ouviu nada além da própria respiração ofegante. Tentou ignorar o retumbar na cabeça para que pudesse pensar.

O sangue escorria pela mão que ele levara ao ferimento. Seja lá qual fosse a causa, precisava envolver a cabeça com uma atadura. Não podia continuar ali parado.

Refazendo seus passos pela sala de jantar, analisou os arredores, procurando ameaças. Mas o ambiente estava escuro demais para lhe permitir uma visão nítida de todo o cômodo. As mesas, cadeiras, luzes baixas e sombras projetadas forneciam muitos esconderijos para qualquer um que quisesse atacar ou atormentar o vigilante. Além disso, ele sabia que não havia mais ninguém ali. Estava sozinho na construção.

E isso tornava os acontecimentos ainda mais perturbadores.

Ainda sangrando, Hudson correu pelo cômodo. Depois, continuou trotando no corredor que levava à sala da segurança. Chegou até lá sem mais percalços.

Depois de fechar e trancar a porta, conferiu todos os monitores e, desajeitado, começou a limpar o sangue do ferimento, que cobriu com gaze e prendeu com esparadrapo. Enquanto cuidava do machucado, tentou ignorar a dor latejante na têmpora, se esforçando para não pensar nos monitores que não mostravam movimento em lugar nenhum.

Hudson terminou o curativo e desabou na cadeira. Olhou para as mãos ensanguentadas, depois se levantou. Precisava ir até o banheiro se limpar.

Olhou ao redor, analisando o cômodo. Sem o cassetete, ele se sentia exposto e vulnerável. Precisava de uma arma. Viu um martelo que tinha usado para consertar a mesa alguns dias antes e esquecido de devolver à caixa de ferramentas. Ele o pegou, sopesou, brandiu o objeto no ar e assentiu, satisfeito. Daria para o gasto.

Respirou fundo, conferiu os monitores e se virou na direção de...

Espera.

Voltou a observar os monitores. Pestanejou, esfregando os olhos.

Sua visão estava um pouco borrada, provavelmente por conta do sangue e da pancada na cabeça. Será que tinha se enganado?

Chegou mais perto do monitor em questão.

Não. Era real. Estava vendo aquilo mesmo.

Onde tinha ido parar o animatrônico que deveria estar preso à parede do corredor interno?

Hudson escancarou a porta do escritório. Agarrando o martelo com tanta força que as juntas dos dedos ficaram brancas, ele avançou pelo corredor até...

Ai, caramba.

O bicho não estava ali. *Realmente* não estava ali.

Hudson encarou os ganchos vazios na parede.

Quando ouviu um farfalhar às suas costas, ele se virou.

Não havia nada.

Será que havia alguma coisa escondida logo atrás daquela pilha de trajes de personagens?

O rapaz pegou a lanterna e iluminou o corredor.

Nada. Nenhum movimento à vista.

Avançou um passo no corredor, indo na direção do banheiro. Girava em círculos conforme andava, tentando prestar atenção em todos os lados ao mesmo tempo. Desejou ter olhos na nuca.

Chegou ao banheiro masculino sem maiores percalços. Empurrando a porta, tensionou os músculos e ergueu o martelo. Como saber o que espreitava ali? Será que era o coelho destruído esperando por ele?

Hudson bufou ao pensar na palavra *coelho*. Só se referia ao animatrônico como coelho porque parecia melhor tratar a criatura como algo tão ameaçador quanto um ursinho de pelúcia. Mas aquilo, claro, era pura ignorância.

— Burro — disse a voz do sr. Atkin.

Hudson girou nos calcanhares.

Estava sozinho ali.

Mais uma vez, não sabia de onde a voz estava vindo — mas era *mesmo* a voz do professor. Hudson tinha certeza.

Naquele caso, o sr. Atkin estava certo. Era burrice pensar no animatrônico como um coelho. A criatura era tão coelho quanto Hudson. A abominação que seus amigos tinham instalado com tanta tranquilidade naquela manhã não tinha nada de coelho. Era um robô. E não parava por aí. Hudson tinha quase certeza de que restos de cadáveres estavam presos dentro do esqueleto da carcaça de coelho. Não estava cem por cento certo, mas convencido o bastante da teoria.

Depois de conferir as cabines do banheiro para garantir que estavam vazias, Hudson ergueu o martelo com uma mão enquanto lavava a outra. Logo se deu conta de que aquela era uma forma muito desajeitada de se lavar, uma que não iria funcionar. Assim, depois de conferir mais uma vez os arredores, pousou a ferramenta na pia e limpou as mãos e o rosto.

Logo se arrependeu de ter largado o martelo.

Num piscar de olhos, Hudson, que antes estava parado de pé, se viu cambaleando na direção do banheiro de pessoas com deficiência. Em um momento, estava diante da pia. No outro, não estava mais, e sim voando, puxado por mãos invisíveis na direção da privada da cabine maior.

— Para com isso! — gritou Hudson. Ele tentou se agarrar na porta ao ser empurrado. No entanto, não conseguiu firmar os dedos ou deter o avanço.

Escorregou os poucos metros até a privada.

— Segura ele! — gritou um dos garotos.

— Pelos ombros! — berrou outro.

Hudson teve um último vislumbre do piso de linóleo cinza do banheiro masculino antes de sentir a cabeça sendo enfiada na privada. Fechou os olhos e a boca enquanto era submerso. Depois, a água começou a girar ao seu redor sob o som das risadas.

Ele se debateu, se agitou e caiu para trás, trombando com a porta da cabine. Tossiu, cuspiu e tentou segurar o pouco de comida que tinha no estômago.

A água escorreu por seu pescoço, pingando na camiseta.

— Fica longe de mim! — gritou enquanto os valentões o atormentavam, mesmo sabendo que reclamar só os incitaria mais.

Tensionou os músculos, se preparando para outro ataque.

Nada aconteceu.

Hudson olhou ao redor. Seu olhar recaiu no chão... no chão xadrez de preto e branco.

Apertou os olhos, depois tocou o piso. Não era linóleo cinza.

Franziu os lábios ao sentir o fedor de urina. Em seguida, ficou de pé, lutou para abrir a porta da cabine e disparou até a pia mais próxima. Enfiou a cabeça embaixo da torneira e esfregou o rosto e o cabelo com a água mais quente que conseguiu suportar. Quando terminou, usou um bolo de papel para se enxugar tão bem quanto possível.

Olhou para a cabine da qual tinha acabado de sair. Encarou o espaço. Qual era o problema dele? Tinha algo ali que não parecia certo.

Hudson recuou um passo. Depois deu dois passos adiante.

Não, não era possível.

Mas era.

A privada e o chão da cabine estavam completamente secos. E cheiravam como o resto do banheiro, a sabonete e desinfetante.

Se ele tivesse acabado de ser enfiado de cabeça numa privada cheia de urina, deveria haver água espalhada por todos os lados, e a cabine ainda estaria exalando o fedor ácido e podre. Como de repente podia estar tão imaculada?

Hudson não entendia, e aquilo o deixou irritado.

—Você acha que me pegou, né? — gritou.

Não sabia com quem estava falando, o que o deixava ainda mais irritado.

— O que você quer? — berrou para alguém ou algo que ele não sabia quem ou o que era.

Ninguém, nem nada, respondeu.

Hudson ofegou por vários segundos. Por fim, suspirou.

— Beleza. Eu desisto.

Não sabia muito bem o que conseguiria ao se render ao oponente... *Quem* era seu oponente, afinal? Talvez agir de forma tranquila o fizesse ganhar tempo para entender a situação. Rá! *Agir* de forma tranquila? Ele não estava sequer *agindo*! Queria se render, agitar a bandeira branca e deitar de barriguinha para cima como um filhote submisso. Não estava disposto a continuar naquela guerra, seja lá quem fosse o adversário. Ele não a entendia, e não estava pronto para nada do gênero.

Por falar nisso... Pegou o martelo.

Não queria passar a noite no banheiro. Era melhor voltar para a sala da segurança. Avançou um passo.

Parou quando ouviu uma risadinha.

Tinha sido uma risadinha, certo?

Sim. E outra.

Para piorar, tinham começado a rir da cara dele.

De onde o som estava vindo? Parecia ser de algum ponto acima dele. Hudson ergueu o rosto.

Claro. Ali estava a fonte da risada: a cabeça do coelho amarelo-esverdeado estava pendurada no alto da parede, inclinada para fora da grande saída do sistema de ventilação.

A coisa estava com a boca aberta, morrendo de rir.

Hudson rugiu e jogou o martelo na boca repleta de dentes.

A cabeça desapareceu dentro da tubulação.

O rapaz ficou encarando a abertura na parede. Precisava ir atrás da criatura. Precisava fazer isso, certo? Caso contrário, teria certeza de que era um covarde. Além disso, como saberia o paradeiro do coelho se não o seguisse? Caso contrário, correria um perigo maior.

Antes que pudesse pensar melhor, Hudson subiu numa das privadas, escalou os canos e apoiou o pé no topo da porta da cabine. Agarrou a beira da grade do sistema de ventilação e adentrou a passagem cavernosa que ficava acima do forro. Uma vez lá dentro, sentiu o corpo enrijecer, esperando outro ataque.

Nada aconteceu. Ele sacou a lanterna e a acendeu, varrendo os arredores com o facho de luz.

Estava sozinho.

Depois se deteve, sentado na imensa saída do sistema de ventilação. O que estava fazendo ali? Era maluquice. Será que queria mesmo ir atrás do coelho animatrônico?

Hudson ajeitou a postura. Queria. Sim, queria mesmo.

Não seria mais um menino covarde. Estava disposto a encarar os valentões e o infeliz do padrasto. Era época de caça ao coelho.

Ele soltou uma risadinha da própria piada.

A risada não tinha parecido meio ensandecida?

Será que ele estava indo e vindo mentalmente entre presente e passado? Por um segundo, era uma criança, fingindo ter coragem para ir atrás dos valentões que o haviam machucado.

Mas o sentimento durou apenas um segundo. Ele sabia onde estava. E sabia que precisava partir para o ataque ou iria perder a cabeça.

Apoiando as mãos e os joelhos no chão, Hudson prendeu a lanterna entre os dentes e se arrastou para longe da abertura do sistema de ventilação que dava no banheiro masculino. De tempos em tempos, parava para tirar a lanterna da boca e apontar a luz de um lado para o outro, aguçando a audição. Assim, avançou pouco mais de cinco metros antes de encontrar a primeira cabeça de personagem.

Assustado, ergueu a própria cabeça, que acabou batendo no metal logo acima. Depois se arrastou para trás e observou o rosto que o encarava de volta.

Era o próprio Freddy Fazbear.

Não exatamente, na verdade. Era a cabeça de uma fantasia de Freddy — uma puída e quase destruída pelo uso. Ou seria *pelo urso*?

Hudson riu de novo, dessa vez do trocadilho, e precisou admitir que o barulho da risada era infantil demais.

Precisava focar na tarefa de encontrar o coelho fujão. Não. Encontrar os valentões. Encontrar o animatrônico esquisito.

Avançou até a quina da tubulação do sistema de ventilação. Espiou além, e viu outra cabeça de animatrônico. De novo, deu um salto tão violento que bateu com a cabeça no metal acima.

Ele se forçou a respirar devagar enquanto analisava o objeto. Era a cabeça de Chica, embora metade dos seus dentes tivesse sido removida e o bico estivesse rasgado.

A cabeça ainda estava presa a uma parte do corpo. Era só um ombro, um braço e uma mão.

Hudson contemplou a criatura por um instante, só para ter certeza de que a fantasia não criaria pés para ir atrás dele. Só parou de olhar quando virou a esquina do sistema de ventilação.

Não sabia quanto tempo fazia desde que começara a se arrastar por ali. Também não sabia quantas cabeças havia encontrado. Perdeu a noção de tempo e os estímulos sensoriais. Cada trecho da passagem parecia igual ao anterior. Cada virada era ao mesmo tempo familiar e desconhecida. Em várias ocasiões, teve a certeza de vislumbrar uma pelagem amarelo-esverdeada. Em todas, tensionou os músculos e se preparou para um ataque, mas ele nunca veio.

Duas vezes, Hudson ouviu o raspar de pequenas garras no metal da tubulação e viu um dos ratos. Também encontrou fezes de roedores.

— Que nojo — reclamou, depois de esbarrar nos resíduos.

Quando parava de se mover, tinha certeza de estar ouvindo sons farfalhantes, batidinhas, estalidos ou baques acima dele ou à sua frente. Durante a maior parte do tempo, porém, ouvia apenas a própria respiração — entrecortada e ofegante.

Por fim, com os joelhos doloridos e a cabeça latejando e formigando, decidiu que nunca venceria uma partida de esconde-esconde por aquelas tubulações. Além disso, precisava voltar para a sala da segurança e refazer o curativo na cabeça.

Assim, se virou para rastejar pelo túnel de ventilação que levava na direção da luz. Não tinha certeza de onde estava na construção, já que ficara totalmente desorientado, mas acreditava que tinha força na perna para quebrar a grade da tubulação caso precisasse. Além do mais, as passagens eram imensas e o teto não era tão alto, então ele imaginava que poderia saltar da abertura para o chão de qualquer ponto da estrutura.

Por isso, Hudson continuou se arrastando.

Mas algo agarrou seu pé.

Algo agarrou seu pé... e não soltou.

Engolindo o grito, ele se virou para trás. Esperava não ver nada, porque era o que acontecia sempre que se voltava para conferir a fonte dos barulhos.

Daquela vez, porém, havia algo ali.

Aos berros, Hudson puxou o pé na direção do corpo e se sentou. De novo, bateu a cabeça com tudo contra o teto do túnel do sistema de ventilação, mas não parou para se preocupar com aquilo. Afinal, a coisa agarrada ao seu pé continuava ali.

— Sai! — gritou ele. — Me larga!

Com a lanterna, golpeou o braço amarelo que segurava seu pé.

Era Chica de novo... a cabeça de Chica presa a um ombro com braço e mão. E a mão se agarrava ao pé dele como se fosse a coisa mais importante do mundo.

Hudson chacoalhou o pé e chutou a mão amarela que não soltava.

— Eu gosto de você — disse a voz de uma mulher. Não qualquer mulher: Faith.

O rapaz congelou.

Iluminou os dois lados do túnel com a lanterna, depois mirou a luz na boca de Chica. Por acaso a voz tinha vindo dela?

— Eu gosto de você — repetiu a voz.

Não parecia ressoar da cabeça de Chica, e sim de um ponto que Hudson não identificava, assim como a do sr. Atkin. Aquela voz, porém, teve um impacto mais imediato no vigilante. Ele a sentiu apertando seu coração, tocando nele como havia feito quando Faith lhe dissera aquelas palavras no primeiro — e único — encontro dos dois.

— Eu gosto de você — confessara Faith.

Era uma confissão diferente, não no tom casual usado antes de pedir que ele a chamasse para sair. No restaurante, sob as luzes amareladas da mesinha de canto, o olhar de Faith tinha parecido suave e sincero quando ela fizera a declaração. E se limitara a um simples "Eu gosto de você". As verdadeiras palavras tinham sido: "Eu gosto de você, Hudson. Muito mesmo. Você é um cara legal".

E depois estendera a mão para segurar a dele. Seus dedos eram macios e quentes. E quando ele as entrelaçara, Faith não havia protestado. Apenas sorrira para ele como ninguém mais até aquele dia.

Foi o melhor momento da vida de Hudson.

O completo oposto do que acontecia agora.

Pois já não estava no restaurante com Faith. Estava numa tubulação imensa de ventilação, com uma peça de animatrônico grudada ao seu pé.

Ciente da pressão no tornozelo, Hudson tentou se inclinar adiante e usar a mão para arrancar Chica do sapato. Mas foi uma péssima ideia, porque Chica largou o pé e agarrou o punho dele.

Faith havia segurado a mão de Hudson enquanto ele a levava a pé para casa. Sorria o tempo todo também. Ela ouvira o que o rapaz tinha a dizer, rira das suas piadas e, em determinada altura, até apoiara a cabeça no seu ombro. Uma mecha de cabelo soprou no pescoço dele. Parecia muito sedoso, e cheirava a frutas vermelhas.

Hudson acolheu a calidez, a conexão. Olhou para a própria mão, entrelaçada à...

Não era a mão de Faith ali.

— Não! — gritou Hudson.

Já não se sentia tocado, não no âmbito emocional. Ainda estava sendo tocado, *literalmente*, pela mão amarela. E talvez estivesse percebendo que estava a ponto de perder a cabeça.

Hudson girou o braço, e os membros de Chica acompanharam o movimento. Bateu o pedaço de animatrônico contra as paredes do túnel de ventilação várias e várias vezes. Chica não deu a mínima. Só continuou segurando.

Ele precisava dar o fora dali. Fazendo de tudo para ignorar a peça de animatrônico presa à sua mão direita, Hudson se arrastou adiante, mirando na curva que tinha à vista. Sabia que se pudesse escapar daquele espaço confinado, teria mais liberdade para manobrar Chica e se livrar dela.

Sem dar ouvidos às declarações de amor incessantes da criatura, continuou avançando por alguns metros até a saída do sistema de ventilação, virou o corpo e chutou a grade da parede. Rastejando adiante, apontou a lanterna para o espaço lá embaixo.

Eram as coxias.

Uau. Tinha dado uma bela volta. Achava que estava do lado oposto da construção.

Virando de volta, Hudson enfiou as pernas pela grade e pulou. No instante em que aterrissou, virou o braço num arco amplo para bater Chica contra o chão. Quando ela o soltou, o vigilante jogou os pedaços de animatrônico para o outro lado e os chutou na direção de uma pilha de partes de fantasia na extremidade do camarim.

As palavras soaram outra vez:

— Eu gosto de você.

E depois, veio um som que ele nunca tinha ouvido antes. Era difícil de descrever.

De início, parecia um rugido arrepiante com timbres distintos, sugerindo ter sido composto por várias e várias vozes. Era também uma respiração, um grande suspiro e um gemido, tudo ao mesmo tempo.

— O que...? — começou Hudson.

As partes de fantasia passaram a destroçar as peças de Chica. Como uma piscina espumosa e agitada cheia de piranhas coloridas e peludas, os trajes ganharam vida e, em segundos, rasgaram Chica em pedacinhos.

Hudson teria dado um beijo em Faith ao deixá-la em casa depois do encontro, mas a colega dela havia aberto a porta e se enfiado entre os dois. Mais tarde, quando Faith ligara para perguntar sobre o incidente, Hudson se dera conta de que a colega havia feito aquilo de propósito para impedir o beijo. Aquele provavelmente era o momento em que tudo tinha começado a dar errado.

Tão rápido quanto começou, o ataque a Chica terminou. A pilha de partes de fantasias voltou a ser como antes. Sem tirar nem pôr.

E lá estavam os retalhos de tecido amarelo. Chica fora reduzida a quase nada... assim como Hudson. A rejeição de Faith havia rasgado seu coração e sua esperança em pedacinhos.

Ele olhou para as próprias mãos. Aquilo embaixo de suas unhas eram fiapos de pelo amarelo?

Limpou as mãos nas calças várias vezes.

E, de novo, se viu sozinho na solidão. Sem ninguém para gostar dele. Incapaz de entender o que estava acontecendo.

Deu as costas para os tufos de pelagem e correu até a sala da segurança outra vez.

Quando chegou ao fim do corredor, porém, se deteve. Olhou para as mãos vazias. Tinha perdido o cassetete. E o martelo. Com o animatrônico vagando pelo lugar e todas aquelas outras coisas acontecendo (o que *de fato* estava acontecendo?), ele precisava de uma nova arma.

Desviou do caminho da sala da segurança e seguiu na direção da cozinha.

Quando Faith e sua equipe idealizaram o cômodo, a ideia era que fosse apenas uma réplica das cozinhas das pizzarias. Mas a gerência tinha decidido usar aquela parte da atração para festinhas de aniversário. Assim, a cozinha falsa se transformara numa cozinha de verdade.

Ao longo dos últimos dias, Barry e Duane tinham carregado caixas e mais caixas de equipamentos culinários. Elas ainda estavam empilhadas perto das bancadas. Com certeza alguma delas continha uma faca ou algo que pudesse ser usado como arma.

Hudson chegou à cozinha sem enfrentar mais situações esquisitas pelo caminho, e encontrou o que buscava na segunda caixa que abriu. Sempre espiando por cima do ombro, se armou com uma faca de açougueiro e um rolo de macarrão.

Saiu da cozinha se sentindo meio ridículo, mas estendeu as armas à frente e correu de volta para a sala da segurança. Teve a impressão de ouvir um estalido às suas costas duas vezes durante o percurso, mas olhou por cima do ombro e viu que não havia nada.

Quando chegou à sala da segurança, Hudson analisou os arredores com atenção antes de fechar e trancar a porta. Depois, baixando as armas, arrancou a bandagem úmida da cabeça. Usou o que ainda restava das ataduras para fazer um novo curativo no ferimento, que ainda sangrava. Assim que terminou, se sentou na cadeira.

Conferiu os monitores e o cobertor que escondia a saída do sistema de ventilação. Nada fora do esperado.

O que fazer em seguida?

Olhou para o teto, depois balançou a cabeça.

A solução era tão simples. Como não tinha pensado naquilo antes?

— Burro — disse o sr. Atkin de algum lugar.

Hudson resmungou. Estava *mesmo* sendo burro. Não precisava passar a noite toda sofrendo na Pavores de Fazbear.

— Burro feito uma porta — acrescentou a voz do professor.

O rapaz se levantou. Tudo que precisava fazer era sair daquele lugar. Por que ainda estava ali? Não era como se estivesse trancado. Tinha as chaves.

Levou a mão às cha…

Olhou para baixo. Onde estava o molho de chaves?

Ah, não. A corrente em que as prendiam estava quebrada. Não havia nem sinal delas.

Hudson procurou desesperadamente ao redor.

Verificou os bolsos.

Checou os monitores.

Nada de chaves.

— Burro — repetiu a voz do sr. Atkin.

Hudson fechou os olhos e baixou a cabeça. Se tivesse pensado nisso antes, já estaria bem longe dali.

Abriu os olhos. Bom, não tinha solução. A menos que arrombasse as portas ou coisa do gênero, estava trancado ali. Também não podia ligar para ninguém. Estava sem celular, e os telefones só seriam instalados *no dia seguinte.*

Mas por que não arrombar alguma saída? As poucas janelas do lugar não eram fáceis de acessar, claro, mas por que não quebrar as portas de vidro da entrada?

Talvez. Ou poderia esperar e passar a noite ali. Estava seguro naquela sala... ou ao menos saberia se alguém estivesse tentando entrar.

No mesmo instante, algo bateu à porta.

E a manta que cobria a grade do túnel de ventilação se agitou. A passagem emitiu um som de tecido rasgado, a grade foi jogada de trás da coberta e atingiu o chão com um estrondo.

Logo depois, bocas de animatrônicos e fantasias começaram a cair pela abertura.

— Qual é a raiz quadrada de 144? — perguntou sr. Atkin.

Não, não era o professor.

A pergunta vinha da boca de um animatrônico.

— O quê? — falou Hudson.

— Errado. Burro!

Era o sr. Atkin em sua aula de matemática. Hudson podia ver as janelas que davam para o estacionamento da escola, os carros cintilando na chuva.

— 4x + 6 — continuou o professor. — Resolva a equação.

Hudson olhou ao redor. Não estava na escola. Estava na sala da segurança. Bocas de animatrônicos o cercavam, disparando perguntas sobre matemática.

Em seguida, ergueu a cabeça.

— Burro! — exclamou outra boca, com a voz do sr. Atkin.

— Como se faz para encontrar o valor de x através do processo de substituição? — berrou o professor Atkin através de outra boca de animatrônico.

Hudson balançou a cabeça, se forçando a distinguir o que era real do que não era.

— Burro! — disse outra boca.

Todas soavam como o professor Atkin.

— Parem! — berrou Hudson. — Chega!

Todas as bocas avançaram sobre ele.

— Burro.

— Burro.

— Burro.

— Burro.

O ataque vinha de dentro e de fora da sua cabeça. E também de todos os lados enquanto bocas saíam sem parar da abertura do sistema de ventilação, avançando para cima dele num sombrio coro de reprimendas.

Hudson tentou se levantar e correr, mas as bocas eram como bolinhas de gude espalhadas pelo chão. Ele perdeu o equilíbrio e caiu.

Foi quando elas o cobriram, se arrastando sobre ele. Deslizavam por suas pernas, se emaranhavam no seu cabelo e saltavam de uma parte do corpo para a outra sem parar.

Hudson se debatia e chutava, desesperado. Passou a gritar ainda mais.

Quando uma boca tentou entrar em *sua* boca e outra começou a se enfiar em seu ouvido, ele passou a ouvir um rugido dentro da cabeça, como se uma tempestade se abatesse no seu interior. Depois, não conseguiu mais se controlar.

Mijou nas calças.

À medida que o líquido quente deixava seu corpo e encharcava o tecido jeans, o vigilante começou a chorar. Estava balbuciando. Não sabia o que falava. Era pura bobagem.

Estava num estado lastimável, muito pior do que qualquer coisa que já tinha vivido — o que mostrava a gravidade da situação.

Abraçando o próprio corpo, Hudson se balançou de um lado para o outro, cantarolando baixinho.

Não sabia quanto tempo tinha ficado daquele jeito. Quando parou, porém, as bocas tinham ido embora.

Não estavam mais à vista.

Como se nunca tivessem aparecido.

Hudson olhou ao redor, depois se virou para a manta. Estava pendurada no lugar, e a grossura do tecido o impedia de ver se a grade estava no lugar certo.

Ele começou a se levantar, com a intenção de afastar a escrivaninha e conferir a grade do sistema de ventilação, mas de repente notou a umidade quente nas calças. Ai, caramba, precisava se limpar. Não podia passar o resto da noite sentado na própria urina.

Pegou a faca de açougueiro e o rolo de macarrão. Parou rente à saída, aguçou a audição e abriu a porta devagar. Sem ouvir nada, saiu para o corredor... e tropeçou, caindo no chão.

Não. Na verdade, foi agarrado.

Foi segurado pelo pulso e chacoalhado, como se tivesse a metade do tamanho que tinha. O tranco quebrou o mesmo pulso que Lewis havia quebrado quando Hudson era criança.

Ou será que ainda era criança? Afinal, não havia acabado de sentir a palma macilenta de Lewis na sua pele? Sim, tinha visto o carpete verde e esfarrapado do corredor da sua casa lampejar no campo de visão quando voou pelo ar.

— Você fez xixi nas calças, bebezão? — explodiu Lewis. — Patético.

Hudson gemeu ao cair no chão. Aninhou o pulso quebrado junto à barriga, arquejando entre gritinhos agudos como uma sirene enquanto olhava ao redor.

Não havia carpete verde e esfarrapado. O chão era feito de um revestimento xadrez preto e branco. Não estava em casa. Estava na Pavores de Fazbear.

Tinha acabado de ser atirado para longe. E, no processo, havia perdido a faca de açougueiro. O objeto estava a alguns metros dali, ainda girando no chão do corredor: primeiro com o cabo preto virado para ele, depois a ponta afiada, depois o cabo preto, depois a ponta afiada.

Mais uma vez ele estava sozinho.

Bem, não totalmente sozinho. As peças de animatrônicos nas paredes murmuravam. Sussurravam, riam, apontavam, se esticavam — e, o pior de tudo, observavam. Hudson podia ver os olhos acompanhando seus movimentos.

Arquejou ao perceber que dois dos braços de animatrônicos estavam armados. Um segurava seu cassetete, e o outro o martelo. Ambos brandiam as armas de um lado para o outro.

Uma parte de um braço de Foxy, com o gancho de pirata estendido e imóvel, se projetava entre as armas de Hudson.

O rapaz se forçou a desviar o olhar do movimento caótico nas paredes. Estava ficando tonto só de ver. Ou será que estava tonto por causa do pulso quebrado?

Lágrimas rolaram pelo rosto de Hudson quando largou o rolo de macarrão e tentou se levantar sem forçar ainda mais a mão esquerda. O menor dos movimentos fazia a dor irradiar por sua mão e braço. A sensação era a de estar com o pulso em chamas.

Assim que conseguiu se sentar, Hudson, sem nem pensar direito, se apoiou na parede. Foi quando a ponta afiada do gancho de Foxy cortou o tecido da sua camiseta e arranhou suas costas. Ele soltou um grito e usou a mão direita e as pernas para se arrastar para longe das paredes agitadas. Depois, tentou se sustentar no meio do corredor com a ajuda do braço direito, mas percebeu que precisava dele para se defender. Então, se inclinou adiante, pegou o rolo de macarrão e ficou ali sentado, imóvel, tentando controlar as lágrimas e a respiração ofegante.

Ao redor dele, peças de animatrônicos ainda se esticavam, agarrando o ar.

Não, era *Lewis* que queria pegar Hudson.

De repente, estava sentado no carpete verde e esfarrapado, aninhando o braço junto à barriga.

— Levanta, seu frouxo! — gritava Lewis. — Levanta!

Hudson curvou o corpo, tentando parecer menor do que já era.

Entre os joelhos, viu... o chão xadrez preto e branco. Ousou olhar ao redor. As paredes ainda o queriam, e ele estava quase ao alcance delas.

Tentou buscar uma saída.

Vasculhou os arredores, procurando a faca. Estava alguns metros mais adiante, no meio do corredor. Hudson não tinha forças para se arrastar até lá.

Por puro reflexo, virou o pulso esquerdo para conferir o relógio, e soltou um grito tão alto que o som ecoou pelo lugar. Arfando de dor, enfim teve um vislumbre do relógio sem mexer o pulso.

Eram duas e oito da madrugada. Ele precisaria aguentar mais quatro horas daquilo até que Barry e Duane chegassem.

Como iria sobreviver por tanto tempo?

Olhou para o pulso de novo… e logo se arrependeu. Podia ver dois ossos quebrados irrompendo da pele. A visão fez seu estômago embrulhar. Ele engoliu em seco e respirou devagar para não vomitar.

Em seguida, se ajeitou com cuidado. A cueca e as calças molhadas de urina irritavam sua pele. O traseiro e as coxas ardiam e coçavam. Ele queria tirar aquelas roupas. Mas como fazer aquilo sem se machucar mais?

Talvez devesse apenas ficar ali pelas próximas quatro horas. Sim, seria péssimo continuar no chão duro com as calças sujas de urina e um pulso quebrado, mas tentar se mover não seria pior?

Hudson assentiu para si mesmo, enxugando os olhos com a mão direita. Seu coração começou a bater um pouco mais devagar.

Tomar aquela decisão o acalmou um pouco. Tirou toda a pressão da situação.

Tentou se convencer de que as coisas não estavam tão ruins. Sim, seu pulso parecia quebrado de um jeito horrível, e doeria ainda mais quando fossem colocá-lo no lugar, mas ao menos era a mão esquerda. E fazer xixi na calça nunca tinha matado ninguém. Ele ficaria bem.

—Você é um nada — falou uma voz.

Hudson ofegou e olhou ao redor.

— Menos que nada — continuou.

Ele reagiu sem pensar. Soltou o rolo de macarrão e começou a baixar as duas mãos para ficar de pé.

Mais uma vez, seu grito percorreu todo o lugar. Novas lágrimas lhe escorreram pelo rosto.

— Para com isso! — berrou.

Não sabia se estava gritando consigo mesmo por ter esquecido do pulso quebrado ou se estava berrando com a voz.

Agudo e anasalado, o timbre de Lewis era inconfundível. Assim como o modo como ele dizia a palavra. O D soava quase como um R. Sua versão de "nada" soava como "nara".

—Você não passa de fumaça — disse a voz de Lewis.

Hudson pegou o rolo de macarrão outra vez e o brandiu inutilmente no ar. Depois o prendeu sob o braço e se inclinou para cobrir a orelha direita com a mão direita. Por sorte, se lembrou de não usar a esquerda. Mas, quando a voz voltou a falar "Você é um nada", Hudson ouviu as palavras perfeitamente pela orelha esquerda descoberta.

—Vai embora! — implorou ele para a voz.

Mas sabia que não adiantaria. Assim, não ficou surpreso quando ouviu a voz de Lewis repetir:

— Nada. Você é um nada.

Ficou muito surpreso, porém, quando se virou na direção do som e viu o animatrônico de coelho esfarrapado se arrastando pelo corredor. Sem tirar os olhos de Hudson, a criatura mexia a boca.

— Nada — dizia o bicho. — Menos que nada. Você não passa de fumaça.

E de novo.

— Nada. Menos que nada. Você não passa de fumaça.

Ainda era a voz de Lewis, mas parecia estar saindo por entre os dentes quebrados e assustadores do animatrônico apodrecido.

Hudson tentou ajeitar o corpo para se levantar sem mexer o pulso. Não funcionou. Precisou mover o braço esquerdo para deixar o direito na posição certa para se erguer.

A dor trouxe consigo uma onda de náusea. Ele se curvou para a frente, mas o estalido do animatrônico dando outro passo o forçou a se mover de novo.

Quase hiperventilando, Hudson ficou de pé, com as costas voltadas para a parede.

Mãos e braços roçaram suas omoplatas. Mais do que depressa, ele se afastou da parede e quase perdeu o equilíbrio. Suas mãos estavam fracas. Seu corpo oscilava como uma plantinha ao vento.

Olhou para o rolo de macarrão jogado no chão. Não conseguia se abaixar para pegar o objeto.

Vai, tentou se incentivar. *Você precisa se mexer.*

Depois se forçou a encarar o animatrônico que se aproximava. Foi quando viu a faca.

O objeto o fez se mexer. O animatrônico estava a poucos metros da arma. Hudson precisava chegar nela antes.

Saltando adiante e ignorando a dor no pulso, pegou a faca um segundo antes do animatrônico. Deu um passo para trás, brandindo a lâmina à sua frente.

O coelho imenso continuou avançando. Hudson deu outro passo para trás, balançando a faca no ar.

O ritmo do animatrônico não vacilou.

Hudson agitava a arma loucamente, de um lado para o outro, sem parar. A criatura estava em cima dele, estendendo os braços, arranhando... e, de repente, a lâmina cortou o bíceps de Hudson.

Ele gritou, se virou e correu, a dor lancinante irradiando pelo braço. O sangue quente escorreu pelo bíceps, pela curva do cotovelo e do antebraço para o pulso machucado.

— A metade de nada é nada — falou a voz de Lewis, vinda de trás.

Hudson quase tropeçou e caiu. Como podia ter esquecido?

Lewis, o Lewis verdadeiro, dissera exatamente aquelas palavras quando machucara Hudson com uma faca pouco antes do incêndio. Aliás, o incêndio tinha acontecido por causa daquele incidente com a lâmina. Como tinha se esquecido daquilo?

Já não importava. Nada importava, a não ser fugir do cadáver robótico que o perseguia. Ele se forçou a avançar pelo corredor, mas seus passos vacilaram e foi necessário segurar a parede para se sustentar. Uma das bocas animatrônicas mordeu seu antebraço e ele gritou, de novo se afastando.

Hudson precisava sair daquele corredor. Correu tropeçando, cambaleando e vacilando, mas tentou se manter no centro do caminho. Cada passo era repleto de dor, mas ele seguiu em frente mesmo assim.

Ao chegar na extremidade da passagem, espiou por sobre o ombro para ver onde estava a criatura que lhe perseguia. Parou de supetão, deslizando.

Não havia ninguém atrás dele. O corredor estava vazio, as paredes imóveis.

Bem, não de fato vazio. Uma faca de açougueiro suja de sangue jazia no chão, perto de onde Hudson tinha sido golpeado pelo animatrônico.

Será que tudo não passava de sua imaginação?

Olhou para o braço. Com certeza não havia imaginado aquilo. Um corte nojento marcava sua pele, da parte de cima do bíceps até o ponto logo acima do cotovelo. Sangue jorrava copiosamente pelo braço, escorrendo pelo pulso machucado e pelos dedos.

Precisava estancar o sangramento. Começou a levar a mão direita ao corte, mas parou. Por que ela também estava ensanguentada? Ele ainda não havia encostado no ferimento.

Estava manchada de sangue como se tivesse se sujado ao se cor…Não. Não era possível ele ter provocado o ferimento em si mesmo. Era?

Hudson balançou a cabeça várias vezes, focado em conter o sangramento no braço.

Todos os materiais de primeiros socorros tinham sido usados no machucado da cabeça.

Cambaleante, incapaz de chorar e se virando para olhar ao redor a cada dois segundos, Hudson tentou pensar. O que poderia fazer?

Ao observar o sangue verter do corte, percebeu que não jorraria tão rápido se o braço estivesse inclinado para cima. Assim, ele o ergueu. Mas esqueceu do pulso… de novo.

Ao girar, os ossos quebrados roçaram um no outro sob a pele, e Hudson soltou um berro de dor. Tentou levantar o braço acima do nível do coração, mas a dor o impedia.

Entrando em pânico pois começava a se sentir fraco, arrancou a bandagem da cabeça e, desajeitado, tentou envolver o braço com as ataduras, mas não havia material o bastante para cobrir todo o ferimento.

Material.

Claro. Podia usar as toalhas da lojinha. Em seguida, quebraria as portas da frente e daria o fora dali.

Precisava chegar à saída. Rápido.

Analisou o corredor mais uma vez para garantir que estava sozinho e não sob ataque das paredes, depois avançou tão rápido quanto possível na direção da saída. Cada passo reverberava no seu pulso, e ele precisava lutar contra a náusea que lhe dizia para se sentar e ficar quieto.

— Continua — disse a si mesmo. — Só continua. Não para de novo.

Perto do fim do corredor, se deteve. Tinha esquecido o rolo de macarrão. Olhou de novo para a passagem.

O rolo havia sumido. E onde estavam seu cassetete e o martelo? Na última vez que os vira, estavam nas mãos que se estendiam da parede.

Com um grunhido, encarou o ponto no chão onde sabia que havia deixado o utensílio de madeira. Torceu para que ainda estivesse ali — mas não teve sorte.

Choramingando, virou as costas para o que não podia explicar.

Avançou aos cambaleios de novo. Concentrado, obrigou os pés a continuarem em frente.

Quando passou pelo Covil do Pirata, Hudson disse a si mesmo que estava na metade do caminho.

— Só continua — ordenou ao próprio corpo.

Mas parou outra vez. Horrorizado, se deteve quando a cortina roxa da Caverna dos Piratas começou a se rasgar ao meio, cortada de dentro para fora pelo gancho de pirata de Foxy. Hudson encarou a cena, boquiaberto. Aquilo estava mesmo acontecendo, ou a animação da atração tinha sido finalizada sem que ele soubesse?

Ao se afastar da Caverna dos Piratas, a cortina foi arrancada, e o animatrônico de coelho deformado o encarou. O bicho ergueu o braço, e Hudson viu que segurava uma mão de Foxy. Era o coelho quem estava cortando a cortina.

Hudson correu.

Depois de avançar vários metros pelo corredor, espiou por cima do ombro. Não estava sendo perseguido, mas não diminuiu o ritmo. Precisava chegar às toalhas para conter o sangramento.

Pelo menos havia uma coisa boa sobre o animatrônico estar atrás dele: o bicho não estaria pendurado no corredor interno, pelo qual Hudson precisaria passar para chegar à saída.

Aprumando os ombros, seguiu em frente, se virando no corredor onde o animatrônico estava pendurado na…

A criatura estava ali, presa à parede, bem onde Barry e Duane o tinham deixado.

Como tinha voltado àquele ponto?

Hudson passou por ele tão rápido quanto possível, sem tirar os olhos do horrível personagem robótico. O animatrônico não se moveu.

O rapaz conferiu várias vezes depois de ter passado, mas ele continuava ali. Silencioso. Imóvel.

Por fim, ele se concentrou em chegar ao seu destino. Estava quase lá.

Mas a cada passo que dava, Hudson se sentia mais fraco. Era incapaz de andar em linha reta. E sua visão estava ficando turva.

Determinado, avançou pelo longo corredor e virou na direção da entrada. Demorou mais tempo do que deveria, mas enfim havia chegado.

Infelizmente, a lojinha estava quase toda mergulhada em escuridão. Luzes da entrada mal alcançavam o espaço; forneciam iluminação apenas para criar formas amorfas.

Tropeçando pelo espaço penumbroso, Hudson usou a mão direita para tatear as prateleiras. Procurava as toalhas e roupas de cama que sabia que ficavam por ali.

Sentiu uma pelagem, e avançou devagar pela área de pelúcias e bonecos.

Ei. Aquilo tinha sido uma mordiscada?

Não, estava imaginando coisas. O que era compreensível, dado tudo que tinha passado naquela noite.

Continuou até enfim achar as toalhas. Pegou uma pilha delas e tentou enfaixar o braço. Elas não paravam no lugar, então ele tateou até encontrar os elásticos de cabelo de Chica dos quais se lembrava. Usou uma série deles para prender as toalhas no lugar.

Foi um processo desajeitado e doloroso. Precisava mover o braço para posicionar as toalhas e os elásticos, e a cada movimento seu pulso protestava com lampejos incandescentes de dor. Semicerrou os dentes, chiou e continuou enfaixando o braço.

Enfim, terminou. Hora de ir até a saída.

Ainda fraco, mas encorajado pelo progresso feito, Hudson pensou nos itens da lojinha. O que poderia usar para quebrar a porta de vidro?

Artigos esportivos. Ele tinha visto um taco de beisebol em algum lugar por ali, certo?

Hudson deu um passo na direção de onde achava estar o taco, mas um farfalhar alto o deteve. Apertou os olhos, fitando a escuridão. Viu algo se movendo.

O que era aquilo?

Não sabia ao certo, mas dava para perceber que avançava na sua direção. De costas, Hudson saiu da lojinha.

Estava quase fora do espaço quando sentiu um cheiro que o fez vomitar. Foi involuntário, puro reflexo.

Era o odor de cigarro sabor cereja.

E também passou a sentir o fedor ácido de vômito.

—Vai mesmo fazer essa porquice no quarto, garoto? — berrou Lewis. — Então pode ficar aí sentindo essa carniça.

Hudson cambaleou, chocado ao ver Lewis entrar em seu quarto e juntar todos os seus brinquedos. O homem enfileirou, criando uma barreira que impedia o acesso à porta do quarto de Hudson.

— Fica aí vivendo no chiqueiro, moleque — grunhiu Lewis.

Tentando não respirar pelo nariz, Hudson se virou para a cama. Mas ela não estava lá. Ele não estava no quarto.

Estava diante da loja de lembrancinhas.

Voltando a respirar pelo nariz, foi até a porta. Precisava chegar à saída do lugar.

Mas o que aconteceu a seguir não estava nos planos.

De repente, Hudson foi erguido do chão e jogado para o outro lado do cômodo.

Depois de voar pelo ar, Hudson girou e bateu bem de costas na parede do outro lado. Ouviu um som perturbador de algo se esmigalhando e sentiu mais dor do que sua mente era capaz de processar. Em seguida, escorregou e caiu com o lado esquerdo no chão, sobre o braço cortado e o pulso quebrado. O impacto inicial foi similar ao que havia sentido ao ser jogado na parede por Lewis, mas o que se seguiu foi pior.

Quando Lewis tinha feito aquilo? Antes ou depois da barreira de brinquedos?

Hudson não conseguia lembrar.

Onde ele estava, aliás? No próprio passado ou no presente?

Não sabia. Só tinha consciência da dor.

Berrou com toda a força. Depois, ficou ofegante como um cachorro.

Aquela era a mesma lesão? Uma nova? Se fosse nova, será que suas próteses tinham aguentado?

Hudson não sabia dizer. Suas costas irradiavam lampejos de dor. Ele ficou deitado e imóvel, com medo de exigir mais do seu corpo abalado.

Ali, largado de lado e ofegante, tentou analisar os arredores. Será que Lewis ainda estava no quarto? O coelho animatrônico apareceria de novo?

Esticou o pescoço para espiar a saída. Não viu nada de diferente.

Não. Calma. Tinha *sim* algo de diferente ali.

Na parede acima dele, havia uma enorme grade do sistema de ventilação, presa à tubulação apenas por um parafuso. Ela balançava devagar, e a passagem escura logo além jazia aberta para qualquer pessoa ou qualquer coisa.

Será que o animatrônico teria arremessado Hudson na parede e depois se escondido na tubulação?

O cheiro enjoativo de cigarro sabor cereja voltou a pairar no cômodo.

Hudson precisava fugir dos horrores daquele lugar.

Mexendo as pernas com cuidado, o que fez suas costas se tensionarem em protesto, tentou ficar numa posição que lhe permitisse se levantar. Apesar da dor intensa, não podia só ficar ali e deixar o animatrônico — ou seja lá o que o estivesse atormentando — agir.

Precisava chegar até a porta.

Hudson se virou na direção dela. E arquejou.

Não mesmo.

Nem… ferrando.

Pestanejou, esfregando os olhos com a mão direita antes de conferir de novo.

Sim, estava mesmo vendo aquilo. A porta de saída fora protegida por todo o estoque de pelúcias e bonecos da lojinha. Estavam enfileirados, prontos para agir. E todos olhavam para ele.

Hudson se levantou… e gritou.

A sensação era de que suas costas tinham se partido ao meio. O punho parecia repleto de cacos de vidro. O braço latejava num ritmo espaçado de dor intensa e torturante.

Não ia aguentar muito tempo. Precisava se esconder.

Mas onde?

Analisou ambos os lados do corredor que levavam à saída, e seu olhar recaiu na porta da cozinha na extremidade à esquerda. Prendendo a respiração, deu um passo naquela direção. Sabia para onde ir.

O calor purifica. Ele podia ouvir a voz da avó soando em sua mente. *O fogo cura.*

A lareira. Ele estaria seguro na lareira. Lewis não o alcançaria ali.

O calor purifica. O fogo cura.

Usando as duas frases como mantra, Hudson se arrastou na direção da cozinha. A dor aumentava a cada passo. Ele se perguntava se conseguiria ir em frente. E respondia a si mesmo:

— O calor purifica. O fogo cura.

Não usava as palavras de forma literal. Não tinha intenção de incendiar o lugar. Mas elas o haviam lembrado de um local onde poderia se esconder. Pareciam controlar seus pés e os conduzir na direção do destino de Hudson.

Quando chegou, parou diante do objeto e sorriu. Como não tinha pensado naquilo antes?

Estendendo a mão direita, puxou a porta do forno industrial. Assim que ela se abriu, Hudson entrou com cuidado. Ali se ajeitou sentado, com as pernas esticadas. Depois agarrou a porta e a puxou até ela se fechar com um estrondo satisfatório.

Enfim, ele estava em segurança.

Mas será que estava mesmo? Encolhido contra as paredes duras e frias do forno, a mente de Hudson voltou de novo ao passado.

Seguro era o que ele achava que estava no dia em que arrancara a faca da mão de Lewis e a usara para ameaçar o padrasto.

— Me deixa em paz! — gritara o menino. — Não encosta mais em mim, ou vou contar tudo para todo mundo!

Lewis tinha rido dele.

— Você não vai contar nada para ninguém, moleque. Eles vão pensar que já sabem o que precisam saber.

E, com aquela estranha afirmação, Lewis tinha desaparecido na cozinha, e Hudson havia se arrastado até a lareira para se esconder. Quando dera por si, havia fogo na lareira... e a casa inteira estava em chamas. Mal escapara vivo do incidente. As queimaduras nas pernas haviam lhe garantido danos nos nervos que impediam sua entrada na Marinha.

Mas ele não tinha sido responsável pelo incêndio, certo? Dizia para todo mundo que não, porque acreditava mesmo que não era o culpado.

Um estalido despertou Hudson do seu devaneio.

O que era aquilo?

Ele aguçou a audição.

Ouviu um farfalhar e outro estalido.

Hudson se encolheu dentro da lareira, prestando atenção nos ruídos emitidos por Lewis, sem tirar os olhos do isqueiro do padrasto na própria mão. Quando Hudson havia pegado o objeto? Não lembrava, mas lá estava.

Dava para sentir o isqueiro na palma da mão. Dava para sentir seu polegar no disquinho que disparava as faíscas. Chamas começaram a subir pelas cortinas ao lado da lareira.

No forno, alguma coisa rangeu, depois emitiu um barulhinho de cuspe. Hudson ouviu um ruído retumbante, como o de uma corrente de vento abrindo a porta com tudo.

Olhou para baixo... para as mãos vazias.

As paredes frias do forno começaram a esquentar.

Hudson se arrastou para longe delas.

Não!

Em pânico, começou a chutar a porta, que não se moveu.

— Abre o forno! — gritou ele.

Desferiu novos chutes, mas a porta continuou fechada.

— Ah, Hudson... — disse alguém.

Era vovó Foster!

Hudson analisou o forno e tentou enxergar alguma coisa pela porta grossa de vidro. Não via ninguém.

— Vó, me tira daqui! — pediu.

— Ah, Hudson... — repetiu a voz da avó.

Não parecia vir de fora do forno. Soava ali de dentro, com ele.

O espaço foi ficando mais abafado.

Hudson começou a suar.

— Alguém me ajuda!

Ele ouviu um som semelhante a um suspiro ecoar pelo forno.

— Seu caminho é seu caminho — disse a voz da vovó Foster.

E o forno ficou cada vez mais quente... e então mais e mais.

— Sabe do que vou sentir mais saudade quando a gente começar o treinamento? — perguntou Duane para Barry ao subirem os degraus da entrada da Pavores de Fazbear.

— De quê?

Barry sacou as chaves e destrancou as portas.

Ficou um pouco surpreso por ter que fazer aquilo. Em geral, Hudson chegava antes deles e abria tudo.

— Da comida da sua vó — falou Duane.

Barry riu, depois se recompôs.

— Eu também teria dito isso antes de conhecer Faith.

— Vocês vão dar um jeito — comentou Duane.

Os dois entraram na construção.

— Cadê o Hudson? — perguntou Barry.

— Hudson! — chamou Duane.

— Que cheiro é esse?

Barry franziu o rosto, e Duane tampou o nariz.

— Parece de coisa queimada. Ei, sabe por que o bombeiro não gosta de caminhar?

— Hein?

— Porque ele "só corre".

Duane caiu na gargalhada.

— Sacou? "Socorre", "só corre"?

Barry balançou a cabeça.

— Hudson! — chamou.

Eles aguardaram, ofegantes. Ninguém respondeu.

— Vamos olhar na sala da segurança — sugeriu Barry.

Seguiram pelo corredor central, olhando ao redor. Tudo estava igual a quando haviam deixado a construção na noite anterior. As mesmas pilhas de caixas. Os mesmos animatrônicos presos à parede.

Duane se abaixou.

— Esqueci de pegar esse dente na noite passada. A gente pode grudar ele de volta.

Voltaram pelo corredor e espiaram pela porta da sala da segurança. O espaço também parecia normal, mas Hudson não estava ali.

— Onde raios ele se enfiou? — perguntou Duane.

Barry balançou a cabeça, e o amigo riu antes de continuar:

— Talvez ele tenha ficado esperto e ido embora dessa cidadezinha de merda.

— Não seria nada mal — concordou Barry. — Vou sentir saudades dele, mas um novo começo faria bem ao nosso amigo.

Duane fez uma careta.

— O cheiro está mais forte aqui.

— Está vindo da cozinha, acho.

—Vamos lá dar uma olhada.

Enquanto os dois seguiam até a origem do cheiro, Barry disse:

— Fico com pena do Hudson. O coitado merecia que algo desse certo na vida dele.

A primeira coisa que Larson notou conforme atravessava os nebulosos filamentos de inconsciência foi o som dos apitos. A seguinte foi o cheiro, uma combinação nauseabunda de canja, urina e água sanitária. Por fim, o restante dos sentidos voltou a funcionar. Os olhos se fecharam com força contra o ataque da luz brilhante, e seu corpo se retorceu em reação à dor na barriga, nas costas, na cabeça, nas costelas e nas costas da mão. Também não ficou nada feliz com a sensação de boca seca, como se estivesse cheia de algodão. Ele correu a língua pelos dentes enquanto, hesitante, abria os olhos.

— Olha só quem acordou! — disse uma voz feminina animada.

Larson fez uma careta, mas se virou na direção do som.

Uma mulher pequena de rosto corado e uniforme cor-de-rosa pairava acima dele. Era bonita, com cabelo escuro e olhos verdes. O crachá dizia que seu nome era Anita Starling. Larson sentiu a calidez dos seus dedos conforme ela o tocava no dorso da mão, perto de onde doía.

Ele grunhiu, tentando se virar para ver o que havia de errado.

— Opa, opa — alertou Anita. — Os músculos do seu abdômen ainda não estão prontos para esse movimento.

A fonte da dor era a agulha de um acesso intravenoso enfiado na veia da mão. Larson fez outra careta. Tentou formular uma pergunta, mas a boca estava seca demais.

Anita se afastou e pegou um copo de papel com um canudinho dobrável.

— Aqui.

Ela aproximou o copo do queixo de Larson, acomodando o canudo entre seus lábios.

Ele sugou a água, abençoadamente fresca.

— Não pode beber muito — avisou a enfermeira. — O senhor teve uma infecção grave, e passou por uma cirurgia bem longa. Seu corpo ainda não está pronto para se entupir de água assim.

— Infecção? — conseguiu dizer Larson.

A voz dele parecia ter passado por um ralador de queijo. Ele pigarreou e tentou juntar as últimas cenas de que lembrava.

— Vou chamar o médico para explicar o que aconteceu — falou Anita. — Só sei é que era uma infecção bem bizarra, que foi exterminada por seja lá o que tenha queimado seu abdômen.

— Queimado? — questionou Larson. Distraído, se pôs a pensar em quanto tempo passaria falando frases de uma palavra só.

Anita ajustou a manta áspera erguida até o queixo de Larson.

— Como falei, vou chamar o médico. Ele vai explicar melhor para o senhor.

O doutor, porém, não foi de muita ajuda. Quando visitou Larson mais tarde naquele dia, disse que não estavam conseguindo identificar a infecção.

O investigador tinha na barriga uma queimadura de terceiro grau do tamanho de uma mão. O médico perguntou se ele sabia o que havia causado aquilo, e Larson fingiu não saber do que se tratava. Tinha resgatado uma vaga lembrança da Aparição de Sutura ajoelhada ao seu lado, pousando a mão incandescente em sua barriga, mas de jeito nenhum ia tentar descrever a cena para a equipe médica.

Depois, já se recuperando no próprio apartamento, não via a hora de voltar ao trabalho. O delegado, porém, tinha outros planos: segundo ele, Larson precisaria ficar de licença até receber alta médica.

A convalescença ao menos lhe deu mais tempo com Ryan. A ex-esposa levava o garoto todos os dias para uma visita, e os videogames e jogos de tabuleiro com que o pai e o filho se divertiam juntos ajudavam a passar o tempo.

Ainda assim, à noite, Larson tinha horas e mais horas para pensar nos acontecimentos da fábrica. E tinha chegado a uma conclusão provisória.

Era estranha e surpreendente... tão surpreendente que ele estava tendo dificuldade para aceitar. Mesmo assim, tinha quase certeza de que seu raciocínio fazia sentido.

Tinha a forte suspeita de que a Aparição de Sutura não era má, afinal de contas.

Depois de se livrar dos medicamentos ministrados no hospital para tratar a dor, as lembranças dos eventos inexplicáveis na fábrica ficaram perfeitamente claras. Ele via todos os detalhes na mente, e dois deles tinham se destacado: 1) a Aparição de Sutura parecia ter resistido à atração exercida pelo Amálgama Afton, e 2) a Aparição de Sutura havia queimado a infecção na barriga de Larson.

A menos que estivesse interpretando tudo errado, aqueles dois detalhes pareciam sugerir de modo bastante preciso que a Aparição de Sutura não era tão maligna quanto Larson acreditava. Se fosse Afton, como ele imaginava no início, por que teria se soltado do monstro de lixo? Por que teria retirado a infecção dele?

O investigador queria encontrar a Aparição de Sutura. Precisava determinar a natureza daquela criatura, e se era ou não má. Aquela missão, porém, teria que esperar. Larson precisava lidar com um problema mais urgente.

Eram quase duas e meia da madrugada, e ele jazia deitado na cama encarando os padrões de luz ramificada que os postes da rua projetavam no ventilador do teto. Pela décima vez desde sua alta no hospital, tentava entender o que havia acontecido. Porque sem dúvida havia algo muito, muito errado.

Os ferimentos físicos de Larson estavam cicatrizando bem. A cada dia, a dor de seus machucados melhorava um pouco. Mas um sintoma mental o aterrorizava para valer, tanto que havia solicitado uma tomografia computadorizada ao médico, só para garantir que não havia lesões cerebrais. Quando o doutor perguntara o motivo, Larson tinha sido vago.

— Estou com uns problemas esquisitos de vista — respondera a ele.

A tomografia não revelara nada de errado com o cérebro de Larson. Aquilo era ao mesmo tempo bom... e potencialmente ruim.

A teia de penumbra na qual Larson focava a atenção estava borrada, e ele tentava trazê-la de novo ao foco, sem sucesso. Como sempre acontecia quando sofria um daqueles episódios, ele se sentia tonto, e tudo ao seu redor se misturava numa névoa quase translúcida.

Através disso, Larson via coisas que não devia ser capaz de ver. Estava tendo vislumbres do passado.

Não era igual a sonhar acordado, evocando imagens mentais ao deixar a mente vagar por aí. Os vislumbres eram reais… ou ao menos *pareciam* reais. Eram memórias, mas não dele mesmo. Pertenciam a outras pessoas, de lugares e épocas diferentes.

Naquele momento, por exemplo, além das sombras no teto, Larson via Freddy Fazbear e os outros animatrônicos que tinham virado febre no auge das pizzarias da rede, todos apresentando uma versão empolgante de uma música de rock dos anos 1980 que ele não ouvia fazia anos. Estava tão alta e tinha uma linha de baixo tão intensa que o investigador conseguia sentir a vibração no colchão.

Aquela era a parte estranha das visões. Não estava apenas enxergando coisas sobre o passado. Estava *vivenciando* cada uma delas. Além das vibrações que corriam por seu corpo, Larson sentia o cheiro de pizza fresquinha. Como sua última refeição consistira em pernil requentado e um pouco de pipoca que compartilhara com Ryan, não tinha explicação para o aroma de queijo e molho de tomate ao seu redor.

Enquanto assistia à apresentação dos animatrônicos num palco que parecia preencher todo o seu quarto, a cena mudou. Aquela era outra coisa bizarra. Estava sendo imerso naquelas cenas realistas, que além de tudo mudavam com frequência. Numa hora ele estava na Pizzaria Freddy Fazbear's. Na outra, estava no cinema. Depois, aparecia passeando com amigos, ou com amigos de alguém, ao menos. Mas sempre, por mais que saltasse de uma cena para a outra, o preenchimento entre elas — termo que ele usava para se referir àquele intervalo — era sempre o mesmo. Conforme sua mente o jogava de uma visita ao passado para outra, o investigador enxergava sempre a mesma coisa: uma piscina de bolinhas.

O mais estranho era que Larson não se lembrava de já ter visto aquele brinquedo na vida real. Claro, já tinha visto piscinas de bolinhas antes; Ryan adorava brincar nelas quando era pequeno. Mas nunca *naquela*.

Aquela em questão parecia horrível. Era velha, com bolinhas vermelhas, azuis e verdes todas desbotadas. Também estavam impregnadas de poeira e manchadas de mofo, como se ninguém as tocasse havia décadas. Exalavam um cheiro, não só de poeira e mofo, mas também de alguma outra coisa, algo ferroso e decadente.

Não seria correto dizer que Larson apenas *via* a piscina de bolinhas. Ele a vivenciava, como se estivesse lá dentro. Quando o lugar aparecia, o investigador podia sentir o plástico grudento ao seu redor, como se estivesse nadando entre gotas de água em formato esférico. Mas não parecia água limpa. Além da película de poeira e mofo que revestia as bolinhas, o plástico parecia coberto de algo viscoso. As esferas tentavam se aderir a Larson como velcro.

Ele pestanejou quando a tontura passou de repente e seu quarto voltou ao foco. Aquilo sempre acontecia. As visões iam embora tão rápido quanto apareciam.

Depois se sentou e esfregou os olhos. Atordoado, ficou de pé e entrou na cozinha em busca de um copo de água.

Parado diante da pia, olhou além da janela à sua frente. Uma tempestade se armava na noite. Ao encher o copo, tudo o que via era a escuridão e a chuva fustigando o vidro.

Começou a beber e se virou de costas para a janela.

— Chega — disse em voz alta.

Era hora de Larson voltar ao trabalho. E sua primeira missão seria encontrar a piscina de bolinhas. Estava vendo aquele lugar por uma razão. Devia ter alguma relação com as outras esquisitices que andava vivendo. Ele iria descobrir como encaixar aquela peça no restante do quebra-cabeça.

Puxando o capuz mais rente ao rosto de boneco, Jake seguiu por uma viela estreita. A chuva caía sem parar, e mesmo que seus olhos não fossem de verdade, era esquisita a sensação da água neles.

Jake estava feliz por ter encontrado a capa que vestia. Não era à prova d'água (ele achava que era feita de lã), mas era pesada e evitava que a maior parte da chuva alcançasse seu rosto e corpo de metal. Também escondia um pouco do que ele era, embora ainda tivesse que andar por ruas escuras, pelos cantos e esconderijos do mundo.

Nove nasceres e pores do sol haviam se passado desde que Jake deixara a fábrica. Durante aquele tempo, havia estado mais triste do que nunca. Tinha saudade da companhia de Andrew dentro daquele endoesqueleto que habitava. Também se sentia sobrepujado pelo conhecimento que carregava — o de que havia algo maligno à solta.

Tinha cogitado procurar a coisa má, mas o que faria se a encontrasse? Além disso, estava com medo.

Quando passou por uma caçamba verde apoiada na parede externa de um prédio alto de tijolos, escutou um som farfalhante. Viu um rato correndo rente à lateral metálica da caçamba. O animal chegou à beira dos tijolinhos, e Jake viu uma bota de caminhada velha e desgastada... que se moveu quando o roedor passou correndo por ela.

Jake parou e espiou atrás da caçamba.

A bota pertencia a um homem de cabelo comprido e barba emaranhada. Jake não sabia dizer sua idade. Também não tinha certeza se ele estava vivo. Seu pé tinha se mexido, mas estava com o rosto pálido e os olhos fechados.

De repente, o guincho alto de uma sirene e o piscar de luzes brilhantes invadiu o beco. Jake não hesitou, agachando ao lado do homem.

Água caía aos borbotões sobre Jake, transbordando das calhas da construção e atingindo o chão na forma de lençóis quase sólidos.

A sirene berrou de novo, e alguém gritou. Jake se espremeu contra a parede.

Quando se moveu, perdeu o equilíbrio e usou a mão para se firmar. Pousou os dedos sobre o ombro do homem, que grunhiu e se debateu, exalando um mau hálito rançoso e com cheiro de alho.

Essa não, pensou Jake.

Logo, sentiu uma onda de arrependimento sufocante. Ele havia matado outra pessoa!

Mas espera... O sujeito não tinha parado de respirar. Ainda era possível ouvir os roncos do homem. Não havia sangue preto escorrendo por seu rosto. Estava vivo!

O ruído da sirene parou, mas Jake ainda via o brilho das luzes. Acima do tamborilar da chuva, escutou vozes altas.

Apesar do que podia ver e ouvir, porém, a consciência de Jake não estava mais no beco. De repente, se viu numa sala de jantar aconchegante e iluminada.

O principal elemento do cômodo era uma mesa de carvalho antiga ao redor da qual uma família feliz se reunia. A princípio, a mãe, o pai e os dois filhos, todos rindo e comendo, não eram familiares a Jake. Depois de os ver compartilhando um cozido e as histórias do dia, ele percebeu que era uma versão levemente mais jovem e feliz do homem estirado atrás da caçamba de lixo.

Jake não sabia por que estava tendo um vislumbre do passado dele, mas gostava daquilo. A cena era de aquecer o coração: toda a tristeza que pesara sobre seus ombros nos últimos dias começou a desaparecer... até a cena mudar de repente.

A sala de jantar sumiu, e Jake foi sugado com violência pelo que ele imaginava ser as memórias do homem. Numa velocidade impressionante, viu o desconhecido indo trabalhar, voltando para casa, brincando com os filhos, saindo com a esposa e viajando com toda a família. Era como andar na montanha-russa de um parque de diversões.

Mas, de súbito, tudo saiu dos trilhos. No caso do homem, de forma literal. Os sentimentos bons de Jake foram reduzidos a pesar enquanto ele via o sujeito se arrastando para fora da van destruída. Ele chorava, desesperado, à medida que a equipe de salvamento retirava seus familiares mortos da sucata amassada de metal.

Devastado pelo que via, Jake afastou a mão metálica do homem. Não queria experimentar o que o sujeito havia sentido, o luto agudo vivenciado naquele momento. Mas também não podia deixar o desconhecido imerso naquela teia de tristeza. E se Jake pudesse ajudar?

Ele se concentrou e enviou seus pensamentos pela sopa de memórias que tinha acabado de presenciar. Talvez pudesse escolher uma lembrança boa e a deixar maior e mais brilhante do que o restante. Se conseguisse, diminuiria a dor do homem.

Precisava tentar.

E sabia muito bem qual memória escolher. A primeira, do jantar feliz em família.

Jake colocou todo o seu foco na lembrança. Aplicou toda a intenção nela até que se expandisse em sua mente; era quase como encher uma bexiga — só que a bexiga era uma memória, e o ar era a vontade de Jake. Ele fez a lembrança ficar cada vez maior, e depois a empurrou com gentileza de volta para a mente inconsciente do homem. Foi como colocar a mente do sujeito dentro daquela cena feliz.

Depois, ele se afastou. E, quando o fez, estava de volta no beco.

A chuva caía mais forte, e as vozes que Jake tinha ouvido pareciam mais próximas. Ele precisava dar o fora dali.

Primeiro, porém, olhou para o desconhecido para garantir que ele estava bem. Ficou feliz de ver que seu rosto não estava mais contorcido de dor. Na verdade, parecia estar sorrindo. E sua respiração soava mais suave e regular.

Um estrondo e o som de passos despertaram Jake do devaneio. Ele se inclinou adiante e espiou além da caçamba.

Dois homens avançavam pelo beco na direção do esconderijo. Se Jake não agisse logo, seria flagrado ali!

O garoto olhou ao redor. Não tinha como fugir sem ser visto. Atrás dele, porém, uma pequena porta levava à construção de tijolinhos cujas calhas derramavam água sobre a caçamba. Às pressas, ele agarrou a maçaneta e a virou. A porta cedeu, e Jake adentrou a escuridão.

Assim que fechou a passagem atrás de si, ficou ali parado por vários segundos, aguçando a audição. Ainda dava para ouvir a chuva, mas além disso o lugar estava silencioso. Pressionando as mãos contra a madeira para manter a porta fechada, esperou para ver se os homens tentariam entrar.

Depois de vários minutos, ele relaxou. Os dois deviam ter passado direto.

Jake se virou e analisou os arredores. O brilho fraco de um poste oscilante entrava por uma janela suja a alguns metros da porta. Era suficiente para revelar pilhas de caixas e caixotes. Estava numa espécie de depósito.

Avançou mais para o interior da área e acomodou seu exoesqueleto sobre um dos caixotes. Tirou o capuz e pensou no que acabara de acontecer. O que ele tinha feito era muito legal. Mas como conseguira? Não fazia ideia, mas saber que havia ajudado aquele homem, mesmo que só por uma noite, ajudava a apaziguar sua tristeza. Talvez ele pudesse fazer mais do que apenas se esgueirar pela escuridão. Talvez pudesse fazer algo bom.

Tão logo veio esse pensamento, ele ouviu o som abafado de algo raspando. Por isso, se levantou e olhou de novo ao redor. Ainda via apenas caixas e caixotes; quando ouviu um ronco baixo, porém, espiou embaixo das pilhas.

Assim que passou pela terceira, Jake encontrou uma adolescente alta e magrela.

Ela vestia apenas uma camiseta cinza e fina com calça jeans rasgada, e estava deitada de lado, adormecida. Parecia sentir frio, então Jake tirou a capa e se agachou para cobrir a garota.

Em seguida, se deu conta de que ela estava mais do que desmaiada de sono. Sua expressão parecia frouxa, e as olheiras eram tão escuras que pareciam manchas de carvão.

Jake ajeitou a capa ao redor da garota, e a cena de um comercial antigo de televisão lampejou na sua mente. Era uma das propagandas institucionais que mostravam o lema "Diga não às drogas" sobre imagens de adolescentes pálidos e franzinos. A garota parecia saída de um daqueles comerciais. .

Franziu a testa, observando a aparência dela. Sabia como as drogas podiam ser destrutivas; elas matavam pessoas! Aquela garota estava em apuros. Dava para ver que precisava de ajuda. Talvez Jake pudesse fazer algo por ela.

Analisando a garota na penumbra, percebeu que se não fosse pela palidez e magreza excessivas, seria até bonita. Tinha cabelo castanho-avermelhado comprido, grosso e cacheado. Os fios estavam sujos e emaranhados, mas Jake achou que seriam lindos se estivessem lavados e escovados. Não conseguia ver os olhos da garota, mas suas feições eram agradáveis. Ao olhar para o rosto dela, porém, reparou em como seus lábios estavam ressecados e rachados.

Ela precisava de água.

Verificando ao redor mais uma vez, Jake encontrou um potinho largado num canto. Com o plástico na mão, abriu uma frestinha da porta para espiar a rua; ao notar que não havia ninguém por perto, deu um passo para fora e segurou o pote sob a chuva intensa. Demorou só alguns segundos para a chuva encher o recipiente, e ele voltou para dentro. Correu para ver se conseguiria fazer a garota beber um pouco da água.

Ela suspirou quando Jake aproximou o pote dos seus lábios. Ele franziu o rosto, incerto sobre o que fazer.

Antes que pudesse descobrir, a porta ao seu lado se escancarou, e o vento começou a soprar a chuva para dentro do cômodo. Mais coisa entrou junto.

Dois homens. Um deles fechou a porta com força.

Apesar de Jake não estar totalmente fora do seu campo de visão, a escuridão intensa do ambiente deve ter contribuído para que não vissem o que ele era logo de cara. Ou, se tinham percebido, não pareciam dar a mínima.

— O que você está fazendo aqui? — grunhiu um dos sujeitos.

Era o menor deles, mas aquilo não significava muita coisa. Ambos eram altos e tinham ombros largos.

Jake podia ver que nenhum dos dois era muito legal. Um exibia uma careta, enquanto as feições do outro pareciam deformadas numa eterna expressão de desprezo. Ambos tinham olhos escuros e maldosos.

—Você é surdo? — vociferou o segundo homem. — Ele te fez uma pergunta.

O outro cara, cujo rosto estava coberto com cicatrizes antigas, avançou e deu um chute nele. Jake não reagiu, mas o movimento e o som acordaram a garota. Ela abriu os olhos — de um azul profundo — e logo abraçou o próprio corpo, se encolhendo como se pudesse formar um casulo de segurança ao seu redor. Dava para ver que tinha medo do homem com rosto cheio de cicatrizes.

Quando o olhar da garota recaiu sobre o segundo homem e ela tentou se arrastar para trás, Jake entendeu que ela os conhecia. Em seguida, voltou sua atenção para os sujeitos.

Na hora, teve quase certeza de que eram traficantes de drogas.

Quando começaram a se aproximar, Jake decidiu que precisava tirar os dois dali, então se levantou.

Como estava de pé, não tinha como os homens não notarem o endoesqueleto metálico. Aquilo, porém, não pareceu afetá-los. Ambos só olharam para ele de cima a baixo, sem ligar muito.

— O que você é? — perguntou o homem cheio de cicatrizes.

O outro riu.

— Por acaso se perdeu a caminho de uma festa à fantasia?

Jake não respondeu, então o das cicatrizes correu na direção dele.

— Sai do caminho, moleque! — rosnou, depois apontou para a garota. — Ela me deve dinheiro!

Jake não se moveu. Não ia permitir que aqueles homens perturbassem a pobre jovem. Cruzou os braços porque achou que aquilo o faria parecer mais durão.

Eles desviaram como se Jake não fosse nada. Enquanto ele se virava, o das cicatrizes foi até a garota e a chutou na perna.

— Cadê meu dinheiro, verme?

— Ei! — gritou Jake. — Deixa ela em paz!

Os dois homens riram, e o cara das cicatrizes sacou uma faca do bolso. Antes que o sujeito pudesse atacar, porém, Jake deu um passo rápido adiante. Não pensou, só agiu. Estava sendo movido pela raiva e pela indignação.

Agarrou o homem com cara de desprezo e o ergueu sem dificuldade. Balançando o sujeito à sua frente, deu um chacoalhão nele.

O homem passou de babaca sarcástico a criancinha assustada em questão de segundos, e começou a chorar.

— Por favor, por favor... — implorou ele. — Eu não queria...

Jake nem se deu ao trabalho de ouvir. Estava irritado demais para prestar atenção. Parecia que um oceano rugia na cabeça dele. Sentia o calor pulsando pelo endoesqueleto.

Chacoalhou o homem com violência mais uma vez, depois o jogou pela janela. A vidraça se quebrou e cacos voaram para todos os lados. A chuva adentrou o lugar pelo buraco deixado pelo corpo.

Jake se virou para o outro homem, o das cicatrizes, que ergueu as mãos e se afastou.

— Ei, são só negócios!

Também choramingava como uma criança.

Jake não deu a mínima. Avançou um passo e acertou o rosto do homem com as costas da mão. O sujeito saiu voando e caiu em cima de uma pilha de caixas. Rolou para o chão, e Jake subiu em cima dele.

A raiva do garoto ficou mais incandescente; quando apontou o dedo para o rosto do homem, seu dedo brilhava, a pele vermelha de tão quente. Jake analisou os olhos cruéis que o encaravam.

Segurando o sujeito com facilidade, pensou por alguns segundos. Depois se inclinou e pousou a ponta do dedo de metal na testa dele.

Passados alguns minutos, Jake saiu do beco e espiou a rua principal. A garota, aninhada nos seus braços, havia perdido a consciência de novo. Parecia não pesar quase nada.

Jake moveu a capa para que cobrisse seu rosto. Em seguida avançou pela rua, procurando um lugar seguro onde pudesse cuidar dela.

Após dois dias de chuva, o sol havia saído, e tudo parecia cintilar, ainda encharcado por conta da tempestade. Ou talvez fosse só o humor de Larson. Ele estava se sentindo bem.

Talvez não *bem*. Mas melhor.

Passou a maior parte da manhã procurando construções que pudessem abrigar a piscina de bolinhas que com frequência o sugava do mundo real. O problema era que as opções eram inúmeras, resultando numa lista de uma dezena de possíveis locais.

Ao longo das horas seguintes, Larson visitou mais fliperamas decrépitos e fechados com tábuas do que gostaria. Depois de um tempo, porém, a busca o levou ao local caindo aos pedaços diante do qual se encontrava.

Um homem de aparência cansada lhe entregou a chave do que parecia ser um restaurante antigo. Depois, foi embora como se não desse a mínima para o que ele fosse fazer ali.

A razão logo ficou nítida. O salão cavernoso no qual Larson estava tinha apenas sofás de vinil e mesas arranhadas. Elas se enfileiravam sobre um chão xadrez de preto e branco, e os assentos estavam apinhados contra paredes amarelo-claras que exibiam silhuetas vagas tentando espiar através da pintura malfeita. Além das mesas e dos sofás, o espaço tinha um palco vazio e uma pista de dança de aparência abandonada sob uma bola de discoteca manchada e quebrada.

O lugar estava coberto por uma camada grossa de poeira. Bolotas de pó se erguiam no ar conforme Larson avançava.

O ar cheirava a mofo. Também havia algo vagamente azedo, como o interior de uma geladeira cheia de comida estragada. Larson cobriu o nariz com as costas da mão.

Assim que entrou ali, viu o que estava procurando. A piscina de bolinhas ficava no canto direito, bem no fundo do cômodo. Isolada por uma corda amarela puída, ela alertava potenciais visitantes com uma placa que dizia proibido usar.

— E por que eu tentaria usar isso? — murmurou Larson, caminhando rumo ao lugar que ocupara sua consciência inúmeras vezes ao longo dos últimos dias.

Não era fruto da sua imaginação. Ela existia. E claramente queria que ele a encontrasse... o que era perturbador ao extremo.

Larson espiou por cima do ombro e se deu um chacoalhão mental. Ele era um policial, caramba. Não tinha medo de uma piscina de bolinhas idiota... ou tinha?

Em seguida, foi até a corda amarela, imunda e caída. Passou por baixo dela e se aproximou da beirada da piscina de bolinhas. Analisou as esferas de plástico.

Pareciam idênticas às que ele enxergava em suas visões. Estavam empoeiradas, mofadas e desbotadas.

Estendeu a mão e pegou uma delas. A sensação era exatamente conforme imaginava: ao toque, a bola era áspera e um pouco pegajosa, como se quisesse grudar na sua pele. Franziu a testa e raspou a superfície com a unha. Algo escamoso, quase similar a cinzas, cobria o plástico.

Larson quis largar a bolinha imunda.

Mas não estava ali para sentir nojo. Estava ali para investigar. Assim, não largou a bola. Em vez disso, a ergueu diante do rosto e a analisou com atenção. Franziu a testa. A substância que cobria a superfície de plástico parecia sangue. Sangue muito, muito antigo.

Larson sacou do bolso o canivete e um saquinho de provas. Raspou o material que revestia a bolinha, depois analisou mais algumas. Todas tinham a mesma substância. O investigador coletou várias amostras.

Quando terminou, deu um passo para trás e encarou a sinistra piscina de bolinhas. Enfim, estremeceu para espantar os calafrios e foi embora do restaurante abandonado.

A jovem médica se sentia acabada, o que era normal. Estava no fim de um plantão, e o fluxo de pacientes entrando no pronto-socorro nunca acabava.

Afastando o cabelo do rosto, empurrou a porta da Sala de Exames 4/5. Lá dentro, havia duas camas separadas por uma cortina. A jovem empurrou a divisória para o lado e analisou os pacientes nos leitos.

Ambos eram homens e pareciam ser traficantes de drogas. Ela tinha visto pessoas com aquelas incontáveis vezes.

O maior tinha chegado à emergência aos gritos; depois de determinar que ele estava com uma fratura na clavícula, porém, a médica havia prescrito morfina. Àquela altura, o homem já estava para lá de Bagdá.

O segundo sujeito não parecia tão ferido, exceto pela queimadura na testa.

A médica puxou uma bandeja para perto dele e pegou um pouco de gaze.

— Vamos limpar isso aqui e ver o que precisamos fazer — disse.

Ele não respondeu, apenas gemeu de dor.

A doutora limpou a testa do paciente por alguns segundos. Depois se deteve, arquejando.

Ao limpar a pele, podia ver que alguém havia queimado as palavras só diga não na testa do sujeito!